Jens Schumacher

Die Welt der 1000 Abenteuer

Geisterspuk in der Zwergenmine

Ein Fantasy-Abenteuer-Spielbuch
mit DIR in der Hauptrolle

Mit Illustrationen von Wolf Schröder

Schneider Buch
EGMONT

Willkommen, Abenteurer!

Du bist auf dem besten Wege, die fantastische Welt Monravia zu betreten, eine Welt verwunschener Wälder, nebelverhangener Gebirge, reißender Flüsse und labyrinthischer, uralter Städte. Es ist eine wilde, abenteuerliche Welt, die außer von Menschen auch von allerlei fremdartigen Lebewesen bevölkert wird – friedliebenden und solchen, denen man lieber nicht nach Einbruch der Dunkelheit begegnen möchte.

Du schlüpfst in die Rolle eines jungen Schmiedegehilfen und wirst, bevor du es dich versiehst, in ein gefährliches Abenteuer verstrickt: Ob du willst oder nicht – von *deinen* Entscheidungen hängt das Schicksal eines ganzen Zwergenreiches ab! Kannst du das Rätsel des Geisterspuks lösen und wohlbehalten zurückkehren?

Wie man dieses Buch liest

»Geisterspuk in der Zwergenmine« ist kein Buch im normalen Sinne – es ist ein Fantasy-Abenteuer-Spielbuch! Das bedeutet, es wird nicht einfach von vorn nach hinten durchgelesen und danach zurück ins Regal gestellt.

In diesem Buch bestimmt niemand anders als *du*, wie die Geschichte abläuft! Von dir hängt es ab, welche Wege du einschlägst, gegen welche Gegner du kämpfst und welche Geheimnisse du aufdeckst, wenn du gemeinsam mit deinem Vetter Bolko durch finstere Stollen tief unter der Erde ziehst.

Für das optimale Spiel- und Lesevergnügen musst du ein paar einfache Regeln beachten. Die wichtigste: *Lies die Abschnitte dieses Buches nicht in der Reihenfolge ihrer Nummerierung!* Arbeite dich stattdessen Abschnitt für Abschnitt durch die Geschichte, wobei du die Anweisungen am Ende jeder Textpassage befolgst. Du wirst merken, dass sich so unzählige verschiedene Möglichkeiten ergeben, dieses Buch zu lesen.

Bei aller Vielfalt gibt es jedoch nur eine Route, auf der du dieses Abenteuer gefahrlos zu einem erfolgreichen Ende führen kannst. Sei nicht enttäuscht, wenn du sie nicht gleich beim ersten Mal findest. Beginne in diesem Fall einfach von vorn und unternimm einen neuen Versuch.

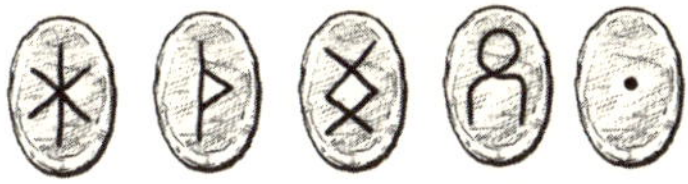

Besitztümer, Hinweise & das Schicksal

Zu Beginn deines Abenteuers besitzt du nur eine bescheidene Ausrüstung: einen Rucksack, in dem du gefundene Gegenstände unterbringen kannst, einen Dolch sowie eine Karte von Konduula, deinem Heimatland im Herzen Monravias (auf der vorderen Umschlaginnenseite).

Im Verlauf deiner Reise wirst du jedoch weitere Gegenstände finden, die du an dich nehmen kannst. Wenn das der Fall ist, trage das entsprechende Objekt unter *Besitztümer* auf deinem **Abenteuerblatt** (in der vorderen oder hinteren Umschlaginnenseite) ein.

Manchmal bist du auf der Suche nach der Lösung eines Rätsels auf Informationen angewiesen, die an einem anderen Ort versteckt sind. Stößt du auf einen Tipp, der dir nützlich erscheint, schreibe ihn unter *Wichtige Hinweise* auf dein **Abenteuerblatt**, damit du nichts vergisst und die Information, wenn sie benötigt wird, bei der Hand hast.

(Beachte: Jedes Mal, wenn du neu startest, beginnst du dein Abenteuer wieder ganz ohne Besitztümer und Hinweise! Am besten, du nimmst deine Eintragungen mit Bleistift vor, dann kannst du sie vor einem neuen Versuch problemlos entfernen. Wenn du nicht in dein Buch hineinschreiben willst, fotokopiere das ***Abenteuerblatt*** *oder zeichne es ab.)*

So klug und vorausschauend du auch handelst, es wird dennoch bisweilen vorkommen, dass der Ausgang einer Situation allein von deinem Glück abhängt – oder davon, wie gewogen dir die absonderlichen Götter Monravias sind. In diesem Fall wirst du aufgefordert, das **Schicksal zu befragen:** Schlage dann den hinteren Buchdeckel auf und tippe mit geschlossenen Augen auf den dort abgebildeten Haufen von Runensteinen. Das Ergebnis bestimmt, wo es vom aktuellen Abschnitt aus weitergeht.

Dein Talent

Auch wenn du nicht mehr als ein einfacher Schmiedegehilfe bist – *eine* Besonderheit hast du dennoch: Kurz nach deiner Geburt stellten deine Eltern fest, dass du über eine seltene Gabe verfügst, eine Fähigkeit, die außer dir nur wenige Menschen in Monravia besitzen.

Bevor du dein Abenteuer antrittst, wähle eine besondere Fähigkeit aus der folgenden Liste und kreuze sie auf deinem **Abenteuerblatt** unter der Rubrik *Talent* an. Diese Gabe wird dich für die Dauer des ganzen Abenteuers begleiten und kann dir an bestimmten Stellen von Nutzen sein.

Talent	Beschreibung
Klettern	Du kannst Bäume, Mauern und andere Hindernisse ohne Hilfsmittel ersteigen oder überwinden wie ein Affe.
Tiersprache	Du verstehst die Sprache nahezu aller Tiere Monravias und kannst sie auch selbst sprechen.

Schriftenkunde	Du kannst jedes fremde Schriftzeichen lesen und verstehen, dem du begegnest.
Verbergen	Du bist in der Lage, dich so zu verstecken, dass du mit deiner Umgebung verschmilzt und so gut wie unsichtbar wirst.
Vorahnung	Du kannst einschneidende Ereignisse, zum Beispiel Gefahren auf deinem Weg, wie ein Hellseher vorausahnen.

Der Ring der Rückkehr

Im Verlauf deines ersten Abenteuers in Monravia hast du von Kjara, einer zauberkundigen Alve, ein uraltes magisches Schmuckstück geschenkt bekommen: den berühmten Ring der Rückkehr. Dieser goldene Fingerring wurde vor Tausenden von Jahren für Helden auf gefährlicher Mission geschmiedet. Solange er sich an deiner Hand befindet, wird er dich durch seine Magie nach einem tödlichen Unglück ins Leben zurückholen – jedoch nur ein einziges Mal!

Solltest du im Verlauf deiner Reise umkommen (auf welche Weise auch immer), versetzt der Ring dich augenblicklich in die Welt der Lebenden zurück, an eine Stelle, die du zuvor schon einmal besucht hast. In einem solchen Fall klapp das Buch zu und schlag es an einer beliebigen Stelle wieder auf; kommt dir einer der Abschnitte auf der ermittelten Seite bekannt vor, setz deine Reise sofort von dort fort. Erkennst du nichts wieder, schließ das Buch und wiederhole den Vorgang, bis du auf eine Stelle stößt, die du kennst. (Diese spezielle Wirkungsweise des Rings musst du dir merken, sie wird im Text nicht mehr ausdrücklich erwähnt.)

Vergiss nicht: Die Kraft des Rings reicht pro Abenteuer nur für eine Anwendung, danach musst du ihn auf deinem ***Abenteuerblatt*** *ausstreichen!*

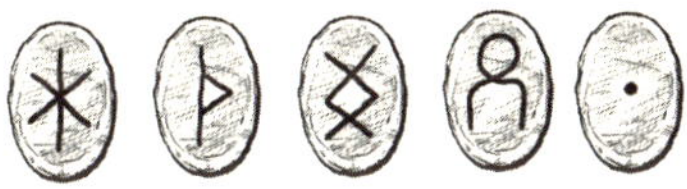

Das Abenteuer beginnt

Viele Monate sind seit deiner letzten gefährlichen Reise vergangen, lange schon sind Ruhe und Frieden nach Konduula zurückgekehrt … und leider haben auch Langeweile und der eintönige Alltag wieder in Roog Einzug gehalten haben, deinem beschaulichen Heimatdörfchen.

Nach einem ermüdenden Arbeitstag fegst du eines Abends die Schmiede deines Onkels Modrik aus, als du draußen einen Tumult vernimmst. Neugierig trittst du ins Freie und erkennst den Grund für die Aufregung: Ein Bote galoppiert auf einem stämmigen Pony die Hauptstraße hinunter und erkundigt sich bei Passanten nach einer Person, der er eine wichtige Nachricht zu überbringen habe. Als du hörst, um wen es sich dabei handelt, macht sich ein mulmiges Gefühl in deiner Magengegend breit: Der Zwerg sucht niemand Geringeren als deinen dicken, faulen Vetter Bolko!

In diesem Moment kommt Bolko (der sich mal wieder vor seinen Aufgaben in der Schmiede gedrückt hat) die Straße heruntergeschlendert, eine große Tüte Zuckernüsse im Arm. Als du siehst, dass der Bote erfreut von seinem Reittier steigt, wirfst du rasch den Besen fort und läufst zu den beiden hinüber, um mitanzuhören, was der Fremde zu verkünden hat.

Wie sich herausstellt stammt er aus Gnarling, der Stadt der Zwerge, und hört auf den Namen Mundtmark. Wie jeder Angehörige des Zwergenvolkes reicht er Bolko und dir gerade mal bis zum Kinn; dafür ziert ein bis auf den Boden herabreichender, geflochtener Vollbart sein knollennasiges Gesicht. Mundtmark kommt im Auftrag von König Margolix, dem Herrscher der Zwerge, denn dieser hat ein schwerwiegendes Problem: Die berühmten Minen von Gnarling, aus denen die Zwerge seit Urzeiten Phmek-Silber und den kostbaren Mondkristall fördern, werden von unerklärlichen Spukerscheinungen heimgesucht! Seit dem letzten Neumond halle ein sirenenhaftes Heulen durch die unterirdischen Stollen, berichtet Mundtmark schaudernd, geisterhaft leuchtende Nebelgestalten seien in den Gängen gesichtet worden, und unerklärliche Felsstürze hätten bereits etliche Schächte unpassierbar gemacht. Dutzende von Arbeitern wurden dabei getötet oder schwer verletzt, die übrigen weigern sich seither, die Gewölbe zu betreten. Die Silberförderung steht still.

Da Phmek-Silber eine Hauptsäule der zwergischen Wirtschaft sei, so fährt Mundtmark fort, fürchte König Margolix nun um das Wohlergehen seines Volkes. Doch in weitem Umkreis um Gnarling und das Gebirge habe sich bisher niemand finden lassen, der bereit wäre, die rätselhafte Erscheinung zu erforschen, seine Ursache zu ergründen und dem Geisterspuk ein Ende zu bereiten. Glücklicherweise habe sich der König an »Bolko den Großen« erinnert, jenen tapferen Held aus dem beschaulichen Dörfchen Roog, der vor Kurzem so todesmutig den Großangriff Gorlashs, des dunklen Herrschers zurückschlug. Sofort habe er Mundtmark ausgeschickt, den Retter Konduulas um Hilfe zu bitten.

Mit einer gewissen Zerknirschung lauschst du den Worten des Zwergs – nur zu gut erinnerst du dich an die erfolgreiche Abwehr Gorlashs, eine Heldentat, die landauf, landab deinem gefräßigen Vetter zugeschrieben wird, obwohl in Wahrheit *du* den Schutzzauber um die Landesgrenzen erneuert hast!

Ein Blick in Bolkos Gesicht zeigt dir, dass *er* sich an solch unwichtige Details längst nicht mehr erinnert: Mit halb geschlossenen Augen, in seinen dicken Backen Zuckernüsse zerkauend, lauscht »Bolko der Große« den Worten des Zwergs. Als Mundtmark abschließend verkündet, dass König Margolix selbstverständlich eine fürstliche Belohnung für denjenigen ausgesetzt habe, der die Minen von Gnarling von der Heimsuchung befreie, nickt dein Vetter huldvoll. »Ich kann mir die Sache ja mal ansehen«, erklärt er. Dann dreht er den Kopf und fixiert dich mit seinen

Schweinsäuglein. »Falls du nix Besseres vorhast: Ich könnte wieder einen Gehilfen gebrauchen … du weißt schon: zum Tragen unserer Verpflegung und so.«

Impulsiv willst du entgegnen, dass Bolko seine Fressalien gefälligst allein tragen soll, als dir bewusst wird, dass die Zwerge sich in einer Notlage befinden und dringend Hilfe brauchen. Hinzu kommt, dass die Aussicht auf ein neues Abenteuer dir um einiges verlockender vorkommt, als in Roog zu bleiben und den langweiligen Dorfalltag zu ertragen. Du schluckst zweimal, dann willigst du ein und eilst nach Hause, um deine Eltern zu informieren und deine Siebensachen für die bevorstehende Reise zu packen. Lies weiter bei **1**.

1 Nur zwei Tage später ragen die Türme Gnarlings vor euch in den strahlend blauen Himmel auf – ein Anblick, der dich für die Entbehrungen der Reise (sowie die ständigen Nörgeleien deines Vetters) vollauf entschädigt. Umgeben von einer massiven Stadtmauer schmiegt sich das Zentrum der zwergischen Zivilisation an die Gebirgshänge von Phmek wie ein wehrhaftes, gepanzertes Tier. Gespannt folgt ihr Mundtmark durch das geöffnete Stadttor.

In den Straßen Gnarlings herrscht reges Treiben. Zwerge und Menschen gehen in verwinkelten Gässchen, auf kopfsteingepflasterten Straßen oder weitläufigen Marktplätzen ihren Geschäften nach. Die Stimmung jedoch wirkt seltsam gedämpft, nur selten hört man ein fröhliches Wort oder ein Lachen.

Daran ändert sich auch nichts, als ihr wenig später in einem Audienzzimmer seines Palastes König Margolix persönlich gegenübersitzt. Das Gesicht des weißbärtigen Zwergenherrschers ist von Sorgenfalten gezeichnet, die elegante Krone aus glänzendem Phmek-Silber sitzt schief auf seinem zu Zöpfen geflochtenen Haar.

»Die Lage ist ernst«, stellt er nach einer kurzen Begrüßung klar. »Seit Wochen weigern sich die Arbeiter, die königlichen Minen zu betreten. Mit schlimmen Folgen!«

»Ihr meint, weil kein Silber und keine Edelsteine mehr gefördert werden können?«, hakst du nach.
Margolix sieht dich an, als nehme er soeben zum ersten Mal deine Anwesenheit wahr. Schmerzlich fühlst du dich daran erinnert, wen er hier für den *echten* Helden hält. »Auch. Aber das ist nicht alles«, antwortet er. »Die Stollen, sie verwahrlosen! Seit der Lärm von Pickeln und Pulversprengungen nicht mehr durch die Finsternis hallt, haben sich allerlei ungebetene Gäste in den Schächten breitgemacht.«
»Gäste?« Nun wird auch Bolko hellhörig, der sich bislang hauptsächlich für den Imbiss interessiert hat, den die Diener des Königs euch serviert haben.
»Riesige Felsmaden, die sich durch das eisenharte Gestein fressen und in unseren Stollen brüten«, seufzt Margolix niedergeschlagen. »Weiterhin kamen, kaum dass die Kunde vom Streik der Minenarbeiter sich verbreitete, Horden von Stollentrollen aus dem Gebirge herab. Diese tumben, gewalttätigen Wesen fürchten sich nicht vor Geistern und Ähnlichem. Und jetzt halten sie Teile der Anlagen besetzt!«
»Ist etwas über die Ursprünge des Spuks bekannt?«, erkundigst du dich.
»Wir wissen nur, dass das hohe, wehklagende Heulen zum ersten Mal in der letzten Neumondnacht erklungen ist. Wer es verursacht und aus welchem

Grund, ist völlig unklar.« Der König sieht Bolko – und dann auch dich – voller Hoffnung an. »Ihr werdet uns doch helfen, oder?«

»Ja, ja, keine Sorge. Bolko der Große wird die Sache schon schaukeln«, murmelt dein Vetter und hebt gähnend eine Hand vor den Mund.

»Sollte es euch gelingen, das Mysterium aufzuklären und dem Spuk ein Ende zu machen, sollt ihr 1000 Goldkronen aus der Stadtkasse von Gnarling erhalten!«

»Tau… *tausend?*« Mit einem Mal ist Bolko hellwach. Zackig reißt er die Hand zum Salut an eine imaginäre Hutkrempe. »Macht Euch keine Sorgen, Hoheit! Wir kümmern uns um die Sache!«

Damit ist die Unterredung beendet. König Margolix lässt einen jungen Zwerg namens Gyrolph rufen, der euch zum Eingang der Minen bringen soll. Während ihr ihm durch die Straßen von Gnarling folgt, kommt dir plötzlich der Gedanke, dass es unter Umständen klug sein könnte, sich zunächst noch ein wenig über die merkwürdigen Vorgänge unter Tage umzuhören. Auch wenn dein Vetter von der Aussicht auf ein paar zusätzliche Schritte durch die Stadt keineswegs begeistert ist, wecken drei Orte auf eurem Weg dein Interesse: Da wäre zum einen eine Kneipe mit dem klangvollen Namen ZUM TRUNKENEN EBER, hinter deren Fenstern die kehligen Stimmen zahlreicher Zwergen zu hören sind, bestimmt Minenarbeiter. Unmittelbar daneben steht eine windschiefe, schäbige Hütte, in der eine gewisse Madame Klodwyga haust, wie ein Schild über der Tür besagt, ihres Zeichens Wahrsagerin und Hellseherin. Zu guter Letzt erspähst du an einer Straßenecke ein Ladengeschäft, das Werkzeug und nützliche Dinge für den Bergmann anbietet. Möchtest du die Kneipe betreten, um dich mit einigen Zwergen über die Vorgänge in den Minen zu unterhalten, weiter bei **161**. Stattest du lieber der Wahrsagerin einen Besuch ab, weiter bei **15**. Möchtest du dich in dem Ladengeschäft umschauen, weiter bei **49**. Interessiert dich keiner dieser Orte, bittest du Gyrolph, euch auf direktem Wege zum Eingang der Minen zu bringen. Weiter bei **80**.

2 Dem Datum in der oberen Ecke des Schriftstücks kannst du entnehmen, dass es vor gut 700 Jahren verfasst wurde. Es ist eine Beschwerde von einem Wachmann namens Pynsalf (vermutlich der Zwerg, bei dem du das Pergament gefunden hast), gerichtet an Bofyr, den damaligen Schürfdirektor des Bergwerks. Der Verfasser beklagt, dass die Auszahlung des monatlichen Solds an ihn und seine Kollegen seit Wochen überfällig sei. Aus dem respektlosen Tonfall schließt du, dass dies nicht zum ersten Mal vorgekommen ist. Während du das Pergament in die Tasche des Toten zurücksteckst, fragst du dich, ob Pynsalf vor seinem Ableben wohl seinen Sold bekommen hat. Willst du nun den schwarzen Läufer auf dem Schachbrett so verschieben, dass der weiße König matt ist, weiter bei **48**. Verlässt du die Kammer lieber, kannst du dich draußen der anderen Tür zuwenden (**24**) oder dem Korridor zurück zur letzten T-Kreuzung folgen, um dort die andere Richtung einzuschlagen (**83**).

3 Du wirfst einen oberflächlichen Blick auf die Papiere auf dem Schreibtisch, alles Statistiken über die Silberförderung, dann gehst dazu über, die Schubladen zu durchstöbern. Während du die erste aufziehst, weist du Bolko an, sich die Decken auf dem Lager vorzunehmen. Im selben Augenblick nimmst du aus dem Augenwinkel eine blitzartige, huschende Bewegung wahr – etwas Kleines, Wendiges hüpft aus der Schublade genau auf dein Gesicht zu. Nur eine Sekunde später flammt in deinem noch zum Sprechen geöffneten Mund ein brennender Schmerz auf! Du fährst in die Höhe und forderst Bolko mit wilden Gesten auf, dir zu helfen, doch er weicht angeekelt zurück.

»Iiiiih, du hast dir einen Zungenbeißer eingefangen!« Dir bricht der Angstschweiß aus! Zungenbeißer sind Parasiten, Schmarotzer aus der Familie der landlebenden Einsiedlerkrebse. Statt in einem Schneckenhaus leben diese fingerlangen Tiere jedoch in der Mundhöhle eines Wirts. Gelingt es einem, einen Weg in den Rachen eines Opfers zu finden, verbeißt es sich untrennbar in dessen Zunge – beim Versuch, den Krebs zu entfernen, reißt man zwangsläufig die ganze Zunge mit heraus! In den folgenden Tagen stülpt sich der Parasit immer weiter über die Zunge und frisst diese, sodass das Opfer keine Nahrung mehr zu sich nehmen kann. Es verhungert qualvoll, worauf der Zungenbeißer seine Eier in den Kadaver legt, damit dieser später den ausschlüpfenden Krebslarven als Nahrung dient.
Du betastest den Körper des Tiers in deinem Mund und versuchst instinktiv, es zu zerbeißen. Doch der Zungenbeißer, geboren für ein Leben im Maul selbst gefährlicher Raubtiere, ist zu dick gepanzert. Dir wird klar, dass du schnellstmöglich jemanden finden musst, der dich von diesem Plagegeist befreien kann! *Zähle von nun an alle Abschnitte, die du passierst, indem du für jeden einen Strich auf dein* ***Abenteuerblatt*** *machst. Kommen 15 Striche zusammen, bevor du Hilfe findest, verrichtet der Zungenbeißer sein Werk erfolgreich: Du verlierst vor Schmerzen und Schwä-*

che das Bewusstsein und hauchst wenig später dein Leben aus. In diesem Fall musst du das Buch ohne eine weitere Aufforderung schließen – dein Abenteuer ist beendet! Findest du dagegen rechtzeitig Hilfe, wird dir der Text mitteilen, dass du geheilt bist und mit dem Zählen aufhören kannst.

Auf zitternden Beinen verlässt du die Kammer und wankst zur letzten Kreuzung zurück, wo du dich widerstandslos von Bolko den Haupttunnel hinunterziehen lässt. Weiter bei **70**.

4 Ohne den Grund für deine Anspannung zu kennen, beobachtest du nervös, wie dein übergewichtiger Vetter strauchelnd versucht, auf seinem Weg über das Mosaik dieselben Fliesen zu betreten wie du. Und er hat Erfolg! Leicht außer Atem, aber mit einem naiven Grinsen auf dem Gesicht, tritt er an deine Seite und stößt die Flügeltür auf. »Weiter geht's!«, ruft er fröhlich.

Hinter dem Portal liegt ein langer, gerader Gang, der seine besten Zeiten lange hinter sich hat: Spinnweben hängen wie dicke Schleier unter der niedrigen Decke, und in der milchig angelaufenen, an vielen Stellen gesplitterten Glasröhre über euren Köpfen erleuchten nur noch vereinzelte Phosphoradekleckse bestimmte Abschnitte des Stollens. Schließlich bleiben auch sie aus, der Stollen vor euch liegt in nachtschwarze Finsternis getaucht. Habt ihr eure Kleidung kürzlich an einem Brunnen mit Leuchtflüssigkeit benetzt? Wenn ja, weiter bei **122**. Ist dies nicht der Fall, weiter bei **44** – es sei denn, du hast eine Kerze bei dir und möchtest sie jetzt entzünden? Weiter bei **36**.

5 Ihr folgt dem niedrigen Schacht geduckt mehrere Dutzend Schritte weit. Er endet in einem halbrunden Alkoven, an dessen Rückwand ein Stuhl aus dem massiven Stein herausgemeißelt wurde. Rückenlehne und Armlehnen sind mit zahllosen Figürchen und Mustern verziert – seltsamerweise überwiegend Gestalten, die dir nicht sehr sympathisch erscheinen: Fledermäuse mit gespreizten Schwingen, dämonische Fratzen mit aufgerissenen Mäulern voller spitzer Zähne und Ähnliches mehr.

»Endlich! Ein Ort zum Ausruhen«, seufzt Bolko und drückt sich an dir vorbei, um seinen Allerwertesten auf der sonderbaren Sitzgelegenheit zu parken. Instinktiv packst du ihn an der Schulter und hältst ihn zurück.

»Was ist? Glaubst du etwa, das Ding ist eine Falle?« Du weißt selbst nicht recht, was du glauben sollst, aber irgendetwas ist eigenartig mit diesem Stuhl! Willst du dich selbst draufsetzen, um herauszufinden, was es ist (weiter bei **150**)? Oder lässt du zu, dass dein Vetter sich darauf niederlässt (**53**)? Möchtest du kein Risiko eingehen, könnt ihr auch zur Kreuzung zurückkehren und dort, falls ihr es noch nicht getan habt, die gegenüberliegende Abzweigung in Augenschein nehmen (weiter bei **224**) oder aber dem Haupttunnel in die Tiefe folgen (**140**).

6 Du rennst wie der Teufel, und an deiner Seite läuft Bolko zu wahrer Höchstform auf. Aber der riesenhafte Troll durchschaut eure Absicht und schneidet euch mit wenigen Sätzen den Weg ab! Triumphierend fährt er seine stinkenden, erdverschmierten Klauen aus und pflückt euch vom Boden wie Puppen. Unnachgiebig schließen sich seine dicken Finger um deinen Brustkorb. Du hörst Knochen knacken – *deine* Knochen! – und dann … nichts mehr. Dein Abenteuer ist zu Ende.

7 So sehr du dich auch anstrengst – die Bolzen wollen unter deiner Messerspitze einfach nicht nachgeben. Während du noch vergeblich an dem Schloss herumfuhrwerkst, ertönt aus der Ferne erneut das fürchterliche Gebrüll der unbekannten Riesenbestie! Um zu verhindern, dass Bolko vor Angst durchdreht und in seiner Panik irgendetwas Unüberlegtes tut, lässt du von der Tür ab und willigst ein, zur Kreuzung zurückzukehren und dort eine andere Richtung einzuschlagen. Weiter bei **163**.

8 Momper ist ein zwergisches Glücksspiel mit kinderleichten Regeln: Die Mitspieler werfen abwechselnd einen zehnseitigen Würfel. Wer mit einer vorher festgelegten Zahl an Würfen öfter einen höheren Zahlenwert landet als sein Gegner, ist Sieger. »Wir spielen neun Runden«, bestimmt einer der Zwerge. Morphyr spielt für uns. Was ist dein Einsatz, Morphyr?»
Sein Nebenmann greift in seine Brusttasche, aus der er unter erneutem Klimpern zwei untertassengroße, runde Kupferscheiben hervorzieht; beide haben ein Loch in der Mitte und sind mit einem Stück Schnur zusammengebunden. »Eine wunderschöne Handwerksarbeit von großem Wert!«, behauptet Morphyr. »Was setzt ihr dagegen?«
Um mitspielen zu können, musst du einen Gegenstand

vor dir auf den Tisch legen. (Du kannst alles setzen mit Ausnahme deines Rucksacks und deines Dolches; notiere deine Wahl mit einem Kreuz auf deinem **Abenteuerblatt**.) Anschließend packt einer der Zwerge zwei Würfel aus weißem Marmor aus, von denen sich Bolko ungefragt einen schnappt – dein Vetter lässt es sich nicht nehmen, für euch zu würfeln! Als Gast gebührt ihm sogar der erste Wurf. Gespannt rücken die Zwerge näher, als Bolko seinen Würfel in hohem Bogen auf die Tischplatte purzeln lässt. **Befrag das Schicksal** neunmal hintereinander: Jedes Mal, wenn du ᛟ, ᛦ, ᛇ, ᚼ oder ᛗ erhältst, notiere ein A auf deinem **Abenteuerblatt**. Für jedes Mal, wenn du ᚦ, ᛝ, ᛋ, • oder ᚠ erhältst, ein B. Befinden sich nach dem neunten Wurf mehr As auf deinem **Abenteuerblatt**, weiter bei **113**. Sind es mehr Bs, weiter bei **146**.

9 Je länger ihr dem Tunnel folgt, desto steiler fällt er ab, bis du das Gefühl hast, etliche hundert Meter unter dem Erdboden zu sein. Irgendwann verbreitert er sich, bis die Wände gut einen Steinwurf weit voneinander entfernt sind. In der Mitte dieses Hohlraums klafft eine gezackte Schlucht mit senkrecht abfallenden Wänden. Die einzige Möglichkeit, auf die andere Seite zu kommen, ist eine schmale Hängebrücke aus alten, staubigen Holzbohlen, die an Pflöcke auf beiden Seiten der Schlucht geknüpft ist. Als ihr euch der Brücke nähert, dringt plötzlich ein unheimlicher Laut aus der nachtschwarzen Tiefe herauf: Ein hohes Heulen, so als leide jemand unvorstellbare Schmerzen, gleichzeitig jedoch böse und angriffslustig wie der Ruf eines Wolfes. Das Wehklagen hält endlos lange an, so als müsste sein Verursacher niemals Luft holen – und vielleicht muss er das ja wirklich nicht!

»G-G-Geister!«, stammelt Bolko und weicht einige Schritte zurück. »Da unten sind Geister! Keine zehn Pferde bringen mich über dieses Höllenloch, hörst du?«

Du schüttelst ruhig den Kopf und deutest auf die andere Seite, wo der Gang sich wieder verengt und im Halbdunkel verschwindet. »Das müssen wir aber. Oder willst du vielleicht den ganzen Weg zum Großen Südtor zurücklaufen?«

Das will dein Vetter selbstredend nicht, dennoch hält er sich hartnäckig hinter dir, als du die Hängebrücke genauer untersuchst. Obwohl sie allem Anschein nach ungezählte Jahre auf dem Buckel hat, sind noch sämtliche Holzbohlen vorhanden. Wie stabil sie sind, lässt sich unter der dicken Schicht aus Staub und Dreck al-

lerdings nicht erkennen – eine jede könnte unter euren Füßen nachgeben.
Angespannt lauschst du auf das unmenschliche Heulen aus der Tiefe. Es scheint kaum merklich auf- und abzuschwellen, kommt aber nicht näher. *Noch* nicht!
Du willst es wagen: Tapfer trittst du zwischen den Pfosten hindurch, die Brückenseile halten, und setzt einen Fuß auf ... die erste Holzbohle (weiter bei **169**)? Oder möchtest du diese lieber auslassen und mit einem großen Schritt direkt auf die zweite Bohle treten (**190**)?

10 Hinter der Tür liegt ein dämmrig beleuchteter Raum, an dessen Wänden mehrere große, kastenförmige Umrisse aufgereiht stehen. Es scheint sich um Maschinen oder technische Apparate zu handeln, die über dicke Röhren mit Öffnungen in der Decke verbunden sind. Davor stehen schwere, fahrbare Tröge aus massivem Stahl herum. Als du schließlich einen hohen Kohlehaufen am entfernten Ende des Raumes ausmachst, dämmert dir, wo ihr gelandet seid: In dieser Gießerei wird das von den Zwergen geförderte Phmek-Silber vom Gestein getrennt und in handliche Barren gegossen. Momentan sind die Hochöfen allerdings kalt, die Anlage verlassen; seit vielen Tagen wurde hier kein Feuer mehr angefacht.

Da erbebt der Boden plötzlich unter einem raubtierhaften Gebrüll, lauter als der Donner von einem Dutzend Kanonen! Es kommt von links, aus Richtung des Kohlehaufens – doch du kannst nirgends den Umriss eines Monstrums ausmachen, das gewaltig genug wäre, ein solches Brüllen hervorzubringen. Zitternd krallen sich die Finger deines Vetters in deinen Arm und zerren an dir. Bolko hat eine Tür in der rechten Wand der Gießerei entdeckt und will so schnell wie möglich verduften. Lässt du dich mitziehen (weiter **33**), oder möchtest du dieser sonderbaren Sache auf den Grund gehen (**222**)?

11 Die Kälte in deinem Kopf nimmt zu – aber nur bis zu einem gewissen Maß! Deutlich spürst du, wie die Scheibe auf deinem Hinterkopf einen Großteil der telepathischen Energie abfängt, mit welcher die Geister euch zu beeinflussen versuchen. Irgendwo am Rande deines Bewusstseins spürst du den Wunsch, nach deinem Dolch zu greifen und auf deinen eigenen Vetter loszugehen, aber du kannst dem grässlichen Drang ohne große Mühe widerstehen. In diesem Moment haben die Nebelgestalten euch erreicht – und schweben wehklagend vorüber, kaum eine Handbreit von deinem Gesicht entfernt! Deutlich erkennst du die scharf geschnittenen Gesichter dreier schlitzäugiger Dunkelelben mit langen, spitzen Ohren im Zentrum des wabernden Dunstes. Kaum sind sie vorbei, schweben sie wieder zur Stollendecke empor, wo sie im massiven Fels versickern wie Wasser in trockenem Erdreich. Einen Augenblick später seid ihr allein im Tunnel.

»Puuuoah!« Stöhnend lässt sich Bolko auf seinen Hosenboden sinken. »So nah will ich diesen Kreaturen nie wieder kommen!« Vorsichtig betastet er die Kupferscheibe auf seinem Hinterkopf. »*Autsch* – die ist ja kälter als Eis!«

Auch deine Scheibe ist wie gefroren. Du vermutest, dass das Kupfer die Gedankenenergie der Geister in Kälte umgewandelt hat, bevor sie in eure Köpfe dringen und euch beeinflussen konnte.

»Wer hätte gedacht, dass diese albernen Teller mal für etwas gut sein würden?« Mühsam rappelt Bolko sich wieder hoch. »Komisch übrigens – weißt du, dass ich für einen kurzen Moment den Drang verspürt habe, dich mit meinem Messer aufzuschlitzen? Verrückt!«

Vor euch zweigt ein Gang nach links ab. Dein Vetter fummelt nach wie vor begeistert an seiner Kupferscheibe herum, folglich ist es an dir zu entscheiden, ob ihr hier abbiegen (weiter bei **133**) oder lieber dem bisherigen Gang folgen wollt (**81**).

12 Die Tür ist unverschlossen, aber so alt, dass der rostige Knauf unter deiner Hand zerbröselt, als du ihn drehst. Ächzend schwingt sie beiseite und gibt den Blick frei auf eine kleine Wachkammer mit einem Tisch und zwei Stühlen. Als ihr seht, was auf den Stühlen hockt, springt Bolko mit einem Entsetzensschrei zurück auf den Korridor.

Gebeugt über ein Schachbrett lehnen zwei Zwergenskelette an der Tischplatte. Beide tragen eine gepanzerte Montur, die auch nach Jahrhunderten noch so steif ist, dass sie ihre losen Knochen aufrecht hält. Hinter ihnen hängen mehrere morsche Schlagstöcke und verrottete Peitschen aus brüchigem Leder an der Wand. Offenbar handelt es sich um die Überreste zweier Aufseher oder Wachposten. Du ignorierst Bolko, der dich von draußen anfleht, diesen unheimlichen Raum zu verlassen, und betrachtest das Schachbrett genauer. Wie es aussieht, hat der linke Zwerg einst mit den schwarzen Figuren gespielt und war nur einen Zug davon entfernt, seinen Gegner mit einem Läufer matt zu setzen. Spontan juckt es dich in den Fingern, diesen letzten Zug für den Toten zu machen … willst du das tun (weiter bei **48**), oder durchsuchst du lieber die Monturen der beiden Skelette (**209**)? Wenn dich Bolkos Nervosität angesteckt hat, kannst du den Raum auch unverrichteter Dinge wieder verlassen. Draußen könntest du dir, falls du es noch nicht getan hast, die gegenüberliegende Tür genauer ansehen (**24**), oder du gehst mit Bolko zurück zur letzten T-Kreuzung, um ihr in die andere Richtung zu folgen (**83**).

13

Ihr folgt dem löchrig und porös wirkenden Stollen, bis er in eine Höhle mündet, deren Wände aussehen, als seien sie von einem Tier in den nackten Fels genagt worden. Die Leuchtröhren an der Decke sind allesamt zerbrochen, nur hier und da geht noch ein sanftes Glimmen von einer Pfütze vertrocknender

Phosphorade auf dem Boden aus. Im schwachen Schein erkennst du zahllose tiefe Löcher in den Wänden des Gewölbes, ein jedes weit genug für einen erwachsenen Mann. »Sieht aus, als hätte der Berg Holzwürmer«, witzelt Bolko. Am entgegengesetzten Ende der Höhle gibt es eine weitere Tunnelöffnung, und vorsichtig bewegt ihr euch darauf zu. Da ertönt plötzlich erneut das schlürfende Geräusch, und mit vor Entsetzen geweiteten Augen beobachtest du, wie sich unzählige bleiche, raupenartige Umrisse aus den Löchern in den Wänden hervorwinden. Platschend landen sie auf dem Boden, wo sie mit aberwitziger Geschwindigkeit auf euch zugleiten! *Riesige Felsmaden, die sich durch das eisenharte Gestein fressen und in unseren Stollen brüten*, hallt die Stimme König Margolix' durch deinen Kopf. Mit einem Schrei wirbelst du herum – doch es ist bereits zu spät: Überall um euch herum sind graue, meterlange Maden, reißen sabbernd ihre von winzigen Zähnchen gesäumten, runden Saugmäuler auf … Dein Abenteuer findet ein unerwartetes, grausames Ende!

14 »Wer hätte das gedacht?«, vernimmst du Bolkos überraschte Stimme irgendwo hinter dir, kaum dass du die Planke betreten hast. »Das alte Ding scheint stabiler, als es aussieht! Wenn nur dieses Heulen nicht wäre …« Tatsächlich zerrt das Wehklagen aus der Tiefe allmählich an deinen Nerven. Ist es eben nicht unmerklich lauter geworden? So als käme Wer-auch-immer-es-ausstößt langsam die Schlucht hinauf? Hastig überlegst du, auf welche Planke du als Nächstes treten sollst: Auf die vierte, direkt vor dir (weiter bei **204**), oder mit einem großen Schritt auf die übernächste, fünfte (**239**)?

15 Madame Klodwyga, die euch auf euer anhaltendes Klopfen die Tür öffnet, ist eine verhutzelte greise Zwergin von unschätzbarem Alter. Augrund ihres mächtigen Buckels befindet sich ihr faltiges, zahnloses Gesicht ungefähr auf der Höhe deines Bauches, und aus dem Innern ihres Hauses weht ein stechender Geruch nach Schweiß und lange gekochtem Kohl ins Freie. Während Bolko hinter deinem Rücken ein würgendes Geräusch vernehmen lässt, verkündet die Alte krächzend, dass sie für drei Kupferkronen bereit wäre, einen Blick in eure Zukunft zu werfen. Du hast kein Geld bei dir, aber ein kurzer Blick zu Gyrolph verrät dir, dass er (oder besser: König Margolix) für diesen Dienst aufkommen würde. Möchtest du Madame Klodwyga nach drinnen folgen (weiter bei **66**), oder ziehst du es vor, dich von Gyrolph auf schnellstem Weg zu den Minen bringen zu lassen (**80**)? Verfügst du über das Talent *Vorahnung*, weiter bei **201**.

16 »Hütet euch vor allen Dingen vor den Stollentrollen!«, warnt Tapyr eindringlich. »Kaum waren die letzten Arbeiter verschwunden, kamen diese Bestien dutzendweise aus irgendwelchen versteckten Felsspalten gekrochen – und jetzt beherrschen sie das halbe Bergwerk! Noch scheinen sie den Ybbs nicht überquert zu haben, einige fliehende Zwerge berichteten jedoch von einem einzelnen, extrem riesenhaften Biest, das angeblich in der Nähe des unterirdischen Friedhofs gesehen wurde.«

»In bestimmten Bereichen sollen die Leuchtröhren beschädigt sein«, fügt Veronda hinzu. »Dort herrscht völlige Finsternis. Falls ihr an einem Verteilerbecken vorbeikommt, wo die Arbeiter ihre Laternen für die Arbeit in den noch nicht ans System angeschlossenen Schächten mit Phosphorade auffüllen, nehmt euch welche mit. Oder schmiert etwas davon auf eure Kleidung.« Ihr bedankt euch bei den Zwergen und verlasst das Gasthaus, um dem Stollen am anderen Ende der Höhle zu folgen. Weiter bei **108**.

17 Die Wände des Förderschachts sind roh behauen und uneben, hier wurde vor kurzer Zeit noch

Silber aus dem nackten Stein geschlagen. Nach kurzer Zeit endet der Gang an einer zerklüfteten Felswand, vor der mehrere Spitzhacken herumliegen. Offensichtlich wurde diese Schürfstelle in großer Eile verlassen. Du willst dich eben umdrehen und dich auf den Weg zurück zum Haupttunnel machen, als du ein Aufblitzen inmitten des Gerölls bemerkst. Du gehst in die Knie und entdeckst einen schmucklosen Fingerring aus Silber, den wohl ein Minenarbeiter hier verloren haben muss. Wenn du möchtest, kannst du ihn mitnehmen (vermerke deinen Fund in diesem Fall auf deinem **Abenteuerblatt**). Dann kehrst du zur Kreuzung zurück, wo du dich entscheiden musst, ob ihr (falls ihr es noch nicht getan habt) die andere Abzweigung erkunden wollt (weiter bei **22**) oder lieber dem Hauptstollen in die Tiefe folgt (**105**).

18 · Der Troll bemerkt, dass die Tür zum Flur offen steht, und fährt knurrend herum. Hastig duckst du dich hinter eines der klobigen Betten – zu langsam! Schon haben dich seine glühenden Schweinsäuglein erspäht. Du legst einen verzweifelten Sprint hin, doch die Strecke zur Tür ist viel weiter als der Abstand zwischen deinem Angreifer und dir. Mit drei mächtigen Sätzen ist der Troll über dir, aus dem Augenwinkel siehst du einen baumdicken Arm mit einer geballten

Faust auf dich zurasen … *Hoffentlich schafft es Bolko, hier lebend herauszukommen*, ist dein letzter Gedanke, bevor es dunkel um dich herum wird. Dein Abenteuer ist beendet.

19 Hastig packst du Bolko am Gürtel, doch dein Vetter hat so viel Schwung drauf, dass er dich über die Kante des Simses mitreißt! Kaltes Wasser schlägt über euch zusammen, die Strömung des Flusses packt euch und reißt euch unnachgiebig fort, direkt unter der geisterhaften Gestalt hindurch, deren Heulen rasch hinter euch zurückbleibt. Strampelnd wehrst du dich gegen den eisigen Griff der Wassermassen, die dich in die Tiefe ziehen wollen, und mit viel Mühe gelingt es dir, an der Oberfläche zu bleiben. Wenig später weitet sich der Tunnel um den Fluss zu einer breiten Höhle. Am rechten Ufer erkennst du die Gleise, Loren und Kräne eines unterirdischen Verladebahnhofs, doch bevor du versuchen kannst, das rettende Ufer zu erreichen, reißt das kühle Nass dich bereits weiter. Gemeinsam mit Bolko, der neben dir strampelt und prustet wie ein Wal, spült der Fluss dich unter einem dunklen Schatten hindurch, möglicherweise einer Brücke, bevor er am anderen Ende der Höhle durch eine finstere Tunnelöffnung weiterrauscht. Besorgt spürst du, wie deine Kräfte nachlassen … Weiter bei **235**.

20 »Richtig«, zischt Byrger entgeistert. »Deine Antwort ist richtig! Ja! Nein? *Doch!* Ihr dürft passieren.« Er steckt den Dolch zurück in seinen Gürtel und führt euch quer durch das kleine Haus, das mit leeren Vorratskisten, Waffen und jeder Menge Gerümpel vollgestopft ist. An der Rückseite angelangt, öffnet er eine zweite schwarze Metalltür und deutet hinaus. »Viel Glück, ihr Narren! Werdet ohnehin nicht weit kommen. Vorher reißen die Gespenster euch eure kleinen Köpfe ab. *Ha!* Aber sagt dann nicht, der alte Byrger hätte euch nicht gewarnt!« Damit schlägt er die Tür hinter euch zu.

Ihr folgt der Brücke ans andere Ufer. Allem Anschein nach hat der Brückenwächter nicht gelogen: Der vor euch liegende Teil der Höhle ist leer, den Stollentrollen scheint es bisher nicht gelungen zu sein, das Wasser zu überqueren. Ungehindert erreicht ihr das Ende der Höhle, wo eine große, runde Gangöffnung tiefer in den Berg führt. Weiter bei **116**.

21 Geschickt weicht ihr den zuschnappenden grünen Zähnchen aus, klettert höher und höher, bis ihr euch keuchend über den Rand des Simses ziehen könnt. Ängstlich späht ihr nach unten, wo die Stollentrolle wütend ihre steinernen Keulen schwingen. Doch eure überstürzte Kletterpartie hat die Felswand in ein Meer aus peitschenden Ranken und schnappenden Knospenmäulern verwandelt – die Trolle wagen nicht, euch zu folgen! Mehrmals drohen sie euch mit den Fäusten, dann verlieren sie die Geduld und ziehen sich in den Tunnel zurück, aus dem ihr zuvor gekommen seid. Erleichtert erhebt ihr euch, um eure Suche fortzusetzen. Folgt ihr dem hohen Sims durch die Öffnung in der linken (weiter bei **120**) oder jene in der rechten Höhlenwand (**157**)?

22 Der schmale, zerklüftete Förderschacht endet nach knapp einem Dutzend Schritten an einem Felssturz. Decke und Teile der Wände sind herabgestürzt, die Steintrümmer bilden vor euch eine solide Wand. Hier ist kein Weiterkommen möglich. Ihr kehrt zurück zum Hauptstollen, dem Bolko jetzt bergab folgen will. Stimmst du zu (weiter bei **105**), oder möchtest du zuvor noch den gegenüberliegenden Stollen untersuchen – falls du das noch nicht getan hast (**17**)?

23 »Haltet ein!«, rufst du mit fester Stimme. »Wir wissen, welches Leid euch Bofyr, der ehemalige Schürfdirektor der Zwerge, angetan hat!

Wir sind gekommen, um dieses Unrecht wiedergutzumachen!«
»Spinnst du?«, zischt Bolko neben deinem Ohr. »Wie willst du das denn anstellen?«
Die Geister dagegen scheinen deinen Worten interessiert zu lauschen: Fast zwei Dutzend wirbelnde Schemen haben sich mittlerweile in der engen Sackgasse eingefunden, doch keiner von ihnen reckt mehr seine Nebelarme in eure Richtung. Rasch sprichst du weiter: »Mein Vetter Bolko und ich werden zu König Margolix gehen und ihm von eurem tragischen Schicksal erzählen. Er wird veranlassen, dass man eure Gebeine aus diesem Stollen birgt und ihnen ein würdiges Begräbnis verschafft. So könnt ihr ins Jenseits einziehen und euren Frieden finden. Darüber hinaus wird sich das Volk der Zwerge öffentlich bei den Dunkelelben entschuldigen. An die Nachkommen eurer Familien wird eine großzügige Entschädigung gezahlt werden.«
Atemlos hältst du inne. Deine Versprechungen sind nicht mit dem König abgestimmt, aber du bist sicher, dass Margolix bereit sein wird, alle genannten Punkte in die Tat umzusetzen, wenn im Gegenzug nur der Geisterspuk aufhört und die Minen endlich wieder ihren Betrieb aufnehmen können.
Aber werden auch die Geister der Dunkelelben darauf eingehen?

Zu deiner grenzenlosen Erleichterung beobachtest du, wie sich die leuchtenden Umrisse nach und nach in den Fels zurückziehen, aus dem sie gekommen sind. Die brodelnde Wut, die du zuvor gespürt hast, ist einer Atmosphäre der Hoffnung gewichen – die rastlosen Seelen der Dunkelelben sind mit deinem Vorschlag einverstanden!

So schnell du kannst, kehrst du, gefolgt von dem bibbernden Bolko, zur zugemauerten Einmündung des Schachts zurück. In der Hoffnung, dass der Luftzug, den Bolko zuvor gespürt hat, auf einen Ausgang aus dem Bergwerk hindeutet, folgt ihr dem Korridor und erreicht wenig später ein gewaltiges Treppenhaus. Beflügelt durch die Aussicht, endlich wieder Sonnenlicht auf eurer Haut zu spüren, eilt ihr Hunderte steinerner Stufen hinauf, bevor die Treppe in eine runde Halle mit einem mächtigen eisernen Tor mündet. Es ist verschlossen, aber auf euer Klopfen öffnet ein Trupp bewaffneter Zwergenwächter die Pforte von der anderen Seite. Wie sich herausstellt, seid ihr am nördlichen Ende der Minen angelangt, dem sogenannten Großen Nordtor. Sofort bringen euch die Wachen zu König Margolix, der eurem Bericht über die 700 Jahre zurückliegenden Machenschaften des korrupten Schürfdirektors gespannt lauscht. Als ihr zum Ende kommt, nickt König Margolix bedächtig er will versuchen, den geplagten Seelen der Dunkelelben Ruhe zu verschaffen! Weiter bei **250**.

24 Unter Bolkos skeptischem Blick drehst du den dicken, bronzenen Knauf. Doch die Tür ist verschlossen. Besitzt du einen bronzenen Schlüssel, kannst du versuchen, das Schloss damit zu öffnen (weiter bei **213**). Hast du keinen, musst du entweder (falls du das noch nicht getan hast) die gegenüberliegende Tür probieren (**12**) oder zur T-Kreuzung zurückkehren und dort dem anderen Arm folgen (**83**).

25 Interessiert nimmt der Zwerg das Amulett in die Hand und betrachtet das eingelassene Juwel, das nach wie vor ein kaum merkliches Glühen abgibt. »Ich bin mir sicher, dass dieses Schmuckstück voll magischer Energie steckt«, murmelt er. Dann schleicht sich ein Grinsen auf sein Gesicht, und er hält Bolko die Kette hin. »Würdest du mir den Gefallen tun und es kurz anlegen?«
Willig legt sich dein Vetter die Kette um den dicken Hals – da geschieht etwas Unerwartetes: Bolko stößt ein Grunzen aus, fällt vor euch auf alle viere und

verwandelt sich binnen weniger Augenblicke in ein fettes, rosiges Schwein! Entsetzt starren das Schwein und du den alten Zwerg an, doch Meister Gisy winkt schmunzelnd ab. »Ich hatte also recht mit meiner Vermutung: Das Amulett verwandelt jeden, der es anlegt, in ein Abbild seines wahren inneren Wesens. Nicht unbedingt schmeichelhaft für deinen Vetter, aber die Verwandlung hält zum Glück nur wenige Minuten an.«

Tatsächlich nimmt Bolko schon kurz darauf wieder seine ursprüngliche Gestalt an. Er ist verständlicherweise ziemlich sauer, doch du lässt ihn schimpfen und packst das Amulett sorgsam zurück in deinen Rucksack. (Notiere dir die besondere Eigenschaft des Schmuckstücks auf deinem **Abenteuerblatt**.) Weiter bei **46**.

26

Ihr rennt, so schnell ihr könnt, und wider Erwarten schafft ihr es, die aus groben Holzlatten gezimmerten Verladekräne hinter dem Schuppen zu erreichen – knapp vor der grunzenden, zottigen Meute! Als Bolko dir einen fragenden Blick zuwirft, deutest du in die Höhe. »Nach oben! Das ist unsere einzige Chance«, rufst du, packst den ersten hölzernen Querbalken und kletterst wie an einer überdimensionalen Leiter den Kran hinauf. Schnell liegt eine beträchtliche Entfernung zwischen dir und dem Erdboden. Als du einen prüfenden Blick über die Schulter wirfst, stellst du fest, dass deine Hoffnung berechtigt war: Die Stollentrolle tun sich schwer damit, ihre massigen Körper an dem Gerüst in die Höhe zu wuchten – aber dein Vetter leider auch! Bolko ist gerade mal fünf oder sechs Meter weit gekommen, und der vorderste Troll streckt bereits eine behaarte Pranke nach ihm aus! Du musst ihm helfen! Verfügst du über das Talent *Klettern* oder hast du vor Kurzem in einem Förderschacht eine magische Kräftigung erfahren? In beiden Fällen geht es weiter bei **158**, andernfalls bei **248**.

27 Kaum betrittst du die gewählte Fliese, als mit lautem Zischen gelblicher Nebel aus den Ritzen zwischen den Sechsecken aufsteigt! Im Handumdrehen füllen die Schwaden den ganzen Raum, und ohne dass du es verhindern kannst, gerät dir beim nächsten Atemzug etwas davon in die Lungen. Du hustest und würgst, Sterne blitzen vor deinen Augen auf. Das Letzte, was du siehst, ist dein Vetter Bolko, der in der Nähe der Eingangstür auf dem Boden liegt und nach Luft schnappt wie ein Fisch auf dem Trockenen. Dann wird es finster um dich herum – für immer! Dein Abenteuer ist zu Ende.

28 Schon ist das Rieseninsekt herangekommen und walzt mit seinem zentnerschweren Körper über euch hinweg wie eine Lawine! Ihr werdet zu Boden geworfen, du hörst Knochen brechen, ein stechender Schmerz fährt dir durch Beine und Brustkorb. Aber noch bist du bei Bewusstsein! Stöhnend hebst du den Kopf und siehst, wie der gigantische Aaskäfer sich umwendet und langsam, fast genüsslich wieder auf euch zukrabbelt. Er weiß genau, dass ihr jetzt nicht mehr in der Lage seid zu fliehen! Hungrig öffnet er seine geifernden Kieferscheren … Dein Abenteuer endet hier.

29 Als sich die stählerne Tür hinter euch schließt, saugst du erleichtert frische Luft in deine Lungen. Was für ein widerlicher Qualm! Du willst gerade auf den Tunneleingang zugehen, um eure Reise ins Innere des Bergwerks endlich zu beginnen, da zupft dich dein Vetter am Arm. »Hör mal!« Er hebt einen Finger. Im gleichen Moment vernimmst auch du das ferne, hohe Pfeifen, das aus der Stollenöffnung dringt.

»Bestimmt nur ein Luftzug«, sagst du ohne große Überzeugung.

»Aus dem Innern eines Berges?«, erwidert Bolko ungläubig. Er deutet auf das große Flügeltor, dann auf seinen Magen, der wie üblich knurrt wie ein gefangenes Raubtier. »Mein Magen rät mir, dass wir lieber draußen um den Berg herumgehen und den Weg durch die Westtür nehmen sollten, von der Gyrolph gesprochen hat. Und mein Magen täuscht sich eigentlich nie!«
Stimmst du Bolkos Vorschlag zu, weiter bei **95**. Findest du seine Idee kindisch und schreitest mutig aus, um den Tunnel zu betreten, weiter bei **230**. Verfügst du über das Talent *Vorahnung*, weiter bei **126**.

30 Ihr seid dem Stollen noch nicht lange gefolgt, da erreicht ihr eine runde Kammer, von der erneut drei Gänge in unterschiedliche Richtungen abgehen: ein breiter mit gewölbter Decke, der geradeaus führt, sowie zwei schmalere nach rechts und links. Im Zentrum der Kammer befindet sich ein hohes, gemauertes Becken, aus dem ein grünlicher Schein empordringt und einen hellen Kreis an die unebene Decke malt, allem Anschein nach ein Brunnen. »U-Unheimlich«, haucht Bolko dir ins Ohr. »Vielleicht sitzt da ein G-G-Geist drinnen?«

Möchtest du den merkwürdigen Brunnen genauer untersuchen (weiter bei **103**) oder die Kammer ohne Umschweife durch den rechten (**117**), den linken (**41**) oder den geradeaus führenden Tunnel (**207**) verlassen?

31

Behutsam belastest du eine der grünen Fliesen vor dir mit deinem Körpergewicht … alles in Ordnung, nichts Unvorhergesehenes geschieht. »Was ist? Warum schleichst du so?«, ruft Bolko ungeduldig. Setzt du deinen Fuß als Nächstes auf:

- eine weitere grüne Fliese (weiter bei **217**)?
- eine schwarze (**156**)?
- eine rote (**72**)?
- oder eine gelbe (**27**)?

32

Ihr lasst die Lore hinter euch, und bald darauf tretet ihr auf eine große Kreuzung hinaus. Ein Wegweiser aus verwittertem grauem Holz steht neben dem Gleis, doch auf seinen Armen sind nur unleserliche Runen aus dem Alphabet der Zwerge zu erkennen. Wenn du über das Talent *Schriftenkunde* verfügst, kannst du versuchen, sie zu entziffern (weiter bei **84**). Andernfalls musst du wohl oder übel eine spontane Entscheidung treffen, in welche Richtung ihr weitergehen wollt – von deinem Vetter, der auf dem Boden hockt und sich stöhnend die Füße massiert, hast du jedenfalls keine Hilfe zu erwarten! Willst du den Weg nach links einschlagen (weiter bei **243**), den rechten (**89**) oder dem bisherigen, breiten Stollen mit dem Gleis folgen (**110**)?

33 Hinter der Tür liegt ein roh behauener Gang, der steil abwärts führt. Ihr passiert diverse zugeschüttete Stollenöffnungen, und dir kommt die Vermutung, dass es sich um einen Trakt der Förderanlagen handeln könnte, der vollständig ausgebeutet und anschließend geschlossen wurde. Zum Glück sind die Leuchtröhren an der Decke noch intakt. Nach einer Weile jedoch bemerkst du vor euch ein Licht, das nicht von der dahinfließenden Phosphorade stammt ... *Merk dir diesen Abschnitt, damit du später hierher zurückkehren kannst, dann lies weiter bei* ***123****, um zu sehen, was passiert!* Solltet ihr diesen Zwischenfall überleben, geht es anschließend weiter bei **237**.

34 Laut deiner Karte liegen am Ende des rechten Ganges lediglich zwei mickrige Kämmerchen. Linker Hand dagegen ist ein großer, mit einem unscharfen Fleck markierter Komplex eingezeichnet – fraglos die vielversprechendere Alternative, um etwas über den Geisterspuk herauszufinden! Folglich wendet ihr euch nach links. Weiter bei **83**.

35 Ihr folgt Gyrolph über einen schmalen, leicht ansteigenden Steig an der westlichen Flanke des Berges entlang, bis zu einer kleinen, in den Fels gehauenen Plattform. Hier ist eine unscheinbare, stählerne Tür eingelassen, gerade hoch genug, dass man aufrecht hindurchtreten kann. Euer Führer spricht kurz mit zwei Zwergen, die in schmalen Alkoven auf beiden Seiten Wache schieben, dann entriegelt einer von ihnen die Tür. Mit einem letzten wehmütigen Blick gen Himmel folgst du Gyrolph ins Innere.

Hinter der Tür liegt ein schmaler, abwärts führender Stollengang, dessen niedrige Decke in regelmäßigen Abständen von dicken Holzbalken gestützt wird. Es ist merklich kühler als draußen, außerdem fällt dir die an ein Grab erinnernde Stille auf – kein Hämmern, kein Hacken, nichts! Über euren Köpfen ist eine armdicke, gläserne Röhre angebracht, die den Stollen der Länge nach durchzieht. Eine grünlich leuchtende Flüssigkeit fließt lautlos hindurch und taucht den Gang in ein kränklich wirkendes Licht. »Phosphorade«, erklärt Gyrolph, als er deinen Blick bemerkt. »Eine mineralische Flüssigkeit, die Licht erzeugt, ähnlich wie Glimmeritgestein. Sie bietet viele Vorteile gegenüber offenem Feuer, deswegen erfanden die Erbauer dieser Minen vor Jahrhunderten ein komplexes Rohrleitungssystem, das weite Teile des Bergwerks durch zieht. So spart König Margolix Tag für Tag Aberhunderte von Fackeln ein.«

Obwohl es dank der Phosphorade nicht wirklich dunkel ist, bemerkst du, dass Gyrolph sich immer wieder nervös zur Tür umblickt. Du beschließt, ihn zu erlösen, und sagst ihm Lebewohl. Nachdem er die Tür hinter sich geschlossen hat, macht ihr euch auf den Weg und folgt dem Stollen tiefer in den Berg.

Eine ganze Weile marschiert ihr stetig bergab, bis du das Gefühl hast, das enorme Gewicht der Berge, die über euch aufragen, förmlich spüren zu können. Schließlich erreicht ihr eine hölzerne Tür auf der linken Seite des Ganges. »Bestimmt eine Vorratskammer«, vermutet Bolko beflissen. Du legst ein Ohr an das verwitterte Holz der Tür, doch auf der anderen Seite herrscht Totenstille. Kein Laut ist zu hören. »Was sollen ein paar gut abgehangene Räucherschinken auch für Geräusche machen?«, will Bolko ungeduldig wissen. »Nun lass uns schon reingehen!« Stimmst du zu (weiter bei **132**), oder verzichtest du darauf, die Tür zu öffnen, und folgst stattdessen dem Gang (**73**)?

36 Du holst die dicke graue Talgkerze aus deinem Rucksack und fragst Bolko, ob er zufällig etwas zum Feuermachen bei sich hat. Zu deiner Überraschung zückt er eine nagelneue Zunderbüchse, die er dir mit stolzem Grinsen hinhält. »Beim Murmelspielen in Roog gewonnen«, erklärt er.

»Tatsächlich? Du bist der beste Murmelspieler des Dorfes?«, erkundigst du dich zweifelnd, während du Funken schlägst und die Kerze in Brand steckst.

»Öh, gewissermaßen«, erwidert Bolko. Ein Blick in sein pausbäckiges Gesicht, das im Schein der Kerzenflamme plötzlich knallrot wird, verrät dir, dass dein sauberer Herr Vetter kaum mit fairen Mitteln gesiegt hat; wahrscheinlich hat er den anderen Kindern Prügel angedroht, wenn sie ihn nicht gewinnen lassen. Du zuckst die Achseln und betrittst, die brennende Kerze in der Hand, den dunklen Tunnelabschnitt.

Dein Fundstück gibt ein sonderbar waberndes Licht ab, das irgendwie lebendig wirkt … *magisch?* Die Kerze scheint unnatürlich schnell abzubrennen, aber wenigstens leuchtet sie hell genug, um euch den Weg erkennen zu lassen – ihn und eine metergroße Öffnung in der rechten Tunnelwand, aus der ein armdicker, nackter Schwanz baumelt! Du überlegst schaudernd, wie riesig die dazugehörige Ratte sein muss (falls dies ein Rattenschwanz ist), da gerät das rosige

Etwas plötzlich in Bewegung. Es ruckt und zuckt, als wolle sich sein Besitzer wütend zu euch herumdrehen, doch dann fällt der weiche Schein deiner Kerze darauf, und das Tier verharrt starr und steif, wie eingefroren! Hastig ziehst du Bolko an der Öffnung vorbei und folgst dem Korridor um eine Linkskurve, hinter der bereits wieder der grünliche Schein intakter Phosphoraderöhren zu erkennen ist. Und das ist auch gut so: Kaum erreicht ihr den beleuchteten Abschnitt, ist deine Kerze bis auf einen winzigen Stumpf heruntergebrannt. Enttäuscht wirfst du den Rest fort. (Streiche sie von deinem **Abenteuerblatt**.) Weiter bei **134**.

37

Hastig ziehst du den kleinen Tiegel aus dem Rucksack, schraubst den Deckel ab und kippst dir den Inhalt über den Kopf (streiche den Staub der Unsichtbarkeit von deinem **Abenteuerblatt**). Am Verhalten deiner Widersacher erkennst du, dass das Pulver seine Wirkung tut: Verwirrt tappen die Gerippe hierhin und dorthin, tasten mit knochigen Fingern ziellos in der Luft umher. Obwohl sie keine Augen besitzen, scheinen sie doch so etwas wie einen Gesichtssinn zu haben – und können dich nun nicht mehr sehen! Unbehelligt schleichst du dich aus der Wachkammer und ziehst von außen die Tür zu. Rasch zerrst du Bolko (der dich natürlich ebenfalls nicht se-

hen kann und vor Schreck aufquiekt wie ein Ferkel auf der Schlachtbank) hinter dir her, zurück zur letzten T-Kreuzung. Erst als du sicher bist, dass die Skelette euch nicht verfolgen, klopfst du dir den magischen Staub von Kleidern und Haut, worauf dein Vetter erleichtert aufatmet. »Mach so was bitte nie wieder«, sagt Bolko beschwörend und greift sich mit einer dicken Hand an die Brust. »Um ein Haar hätte ich einen Herzinfarkt bekommen!«
Unbeschadet erreicht ihr die Kreuzung und überquert sie in die andere Richtung. Weiter bei **83**.

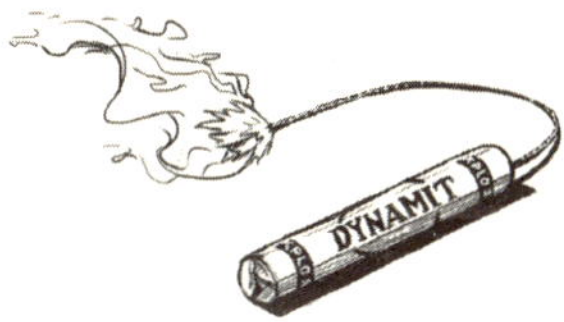

38 Verzweifelt versucht ihr, auf dem wankenden Damm vorwärtszukommen. Glücklicherweise sind die halb verwesten Flussbewohner viel langsamer als ihr. Während sie sich noch mühsam aus dem Wasser wuchten und an der Konstruktion emporklettern, erreicht ihr keuchend, aber wohlbehalten das rettende Ufer. So schnell ihr könnt, durchquert ihr die kleine Höhle und rennt in eine Tunnelöffnung, hinter der sich ein hoher, gerader Gang anschließt. Ihr erreicht eine Abzweigung auf der linken Seite, doch aus Angst, die untoten Bestien könnten hinter euch herkommen, überlegt ihr nicht lange und lauft geradeaus – weiter und weiter, bis ihr euch endlich sicher seid, dass euch niemand folgt. Vor einer großen Tür aus schwarzem, poliertem Holz haltet ihr inne und verschnauft. Dann packst du die Klinke und drückst sie herunter. Weiter bei **206**.

39 Schutt und Felsstaub knirschen unter euren Schuhsohlen, während ihr dem uralten Tunnel folgt. Schließlich endet er an einer T-Kreuzung, deren beide Richtungen sich in nichts voneinander unterscheiden. Möchtest du dich nach links wenden (weiter bei **83**) oder lieber nach rechts (**125**)?

40 Du trittst neben eine Spitzhacke, die in Brusthöhe vor dir in der Luft schwebt. Vorsichtig streckst du die Hand aus und umschließt ihren hölzernen Stiel mit den Fingern … Kurz fühlst du ein Kribbeln, gefolgt von einem leichten Zug, als das Werkzeug nach oben entweichen will. Dann sackt es plötzlich nach unten, als habe jemand einen Haltefaden durchschnitten. Du spürst das Gewicht der Spitzhacke und musst deine andere Hand zu Hilfe nehmen, um sie nicht fallen zu lassen. Gleichzeitig bemerkst du aus dem Augenwinkel, wie die anderen Gegenstände im

Raum beginnen, unruhig umeinanderzugleiten, so als formierten sie sich für ... ja, für was? Du beschließt, es nicht abzuwarten, und verlässt den Lagerraum, die Spitzhacke nach wie vor in der Hand (vermerke sie auf deinem **Abenteuerblatt**). Wieder auf dem Flur, lässt du die Tür erleichtert hinter dir ins Schloss fallen und folgst dem Korridor gemeinsam mit Bolko nach **124**.

41 Der Gang endet nach wenigen Metern in einem breiten Raum, dessen hintere Hälfte durch deckenhohe Metallgitter in etwa ein Dutzend quadratische Verschläge unterteilt ist. Die einzige Einrichtung dieser Zellen besteht aus einer kargen Pritsche, keine ist momentan belegt.

»Klarer Fall: Auch unter Tage müssen Recht und Ordnung gewahrt bleiben«, verkündet Bolko weltmännisch. »Dieses Gefängnis wurde bestimmt für Bergarbeiter angelegt, die sich nicht an die Regeln hielten oder einmal zu oft ein Silberbröckchen in die eigene Tasche gesteckt haben.«

Du nickst desinteressiert und wendest dich ab, um den Raum wieder zu verlassen. Da dringt plötzlich ein verhaltener Laut an dein Ohr: ein leises, unterdrücktes Wimmern! Du siehst Bolko fragend an, aber er zuckt nur die Schultern. Möchtest du das Gefängnis genauer untersuchen, um festzustellen, woher das Geräusch kam (weiter bei **99**), oder kehrst du lieber zur Kreuzung mit dem Brunnen zurück, um dort dem gegenüberliegenden (**117**) oder dem breiten Tunnel zu folgen (**207**)?

42 Kaum hast du eure Wette abgegeben, da kippen die Zwerge die beiden Kisten auf die Seite. Angewidert beobachtest du, wie die Spinne und der Skorpion herauskrabbeln. Zunächst sind die Tiere verwirrt, machen Anstalten, zwischen den Beinen der Zwerge hindurch in die Freiheit zu huschen. Dann jedoch erblicken sie sich gegenseitig und nehmen augenblicklich Kampfstellung ein: Die Spinne duckt sich sprungbereit an den Boden, der Skorpion reckt seinen langen, gebogenen Schwanz mit dem spitzen Stachel in die Luft. Wachsam umkreisen die Widersacher sich ... plötzlich unternimmt der Granitskorpion einen Ausfall! Sein Schwanz zuckt vor, der giftige Stachel sticht zu – daneben!
Bevor er sich zurückziehen kann, macht die Felsspinne einen blitzartigen Satz und schlägt ihre spitzen Kieferzangen in den Nacken ihres Gegners. Als sich

die Bewegungen des Granitskorpions daraufhin immer mehr verlangsamen, bis er sich gar nicht mehr rühren kann, begreifst du, dass die Spinne gesiegt hat – und du verloren! Mit einem Stock treibt einer der Zwerge die Spinne zurück in ihre Kiste, bevor sie ihrer Beute weiter zu Leibe rücken kann. Weiter bei **233**.

43 Hastig zerrst du die sonderbare Kerze aus deinem Rucksack. Im gleichen Moment fällt dir mit einem Schauder ein, dass du nichts bei dir trägst, womit du sie entzünden könntest!
»Fang auf!«, gellt plötzlich die Stimme deines Vetters von der Tür herüber. Bolko ist von deinem Aufschrei alarmiert worden und wirft dir mit angstverzerrter Miene etwas zu, das wie eine Zunderbüchse aussieht! Geistesgegenwärtig fängst du sie auf, und bevor die erste der grässlich kichernden Puppen deine Beine erreicht hat, gelingt es dir, den Docht der Kerze in Brand zu stecken. Das entstehende Licht unterscheidet sich von dem jeder anderen Kerze, es breitet sich wabernd aus, wirkt irgendwie lebendig … *magisch?* Als dein Blick auf die Puppen fällt, stellst du überrascht fest, dass sie mitten in der Bewegung erstarrt sind! Auch Bolko, der mit offenem Mund im Türrahmen steht, bewegt sich keinen Millimeter mehr. Ist es möglich, dass diese Lichtquelle die Zeit anhält und alles in

deiner Nähe einfriert? Dir bleibt keine Zeit, dich über das sonderbare Phänomen zu wundern, denn die Kerze in deiner Hand wird in Sekundenschnelle kürzer – sie brennt viel schneller ab als eine normale! Eilig steigst du über die bewegungslosen Puppen hinweg, drückst dich an Bolko vorbei nach draußen, ziehst ihn beiseite und verriegelst sorgfältig die Tür. Da erreicht das Feuer deine Fingerspitzen! Du lässt den heruntergebrannten Stumpf fallen, die Flamme erlischt. (Streiche die Kerze von deinem **Abenteuerblatt**.) Im selben Augenblick kehrt Leben in den Körper deines Vetters zurück. »Was war denn das eben?«, fragt er dümmlich und nimmt seine Zunderbüchse wieder an sich. »Gerade noch warst du da drin … und nun stehst du plötzlich hier draußen bei mir! Und was waren das für widerliche kleine Kerle?« Du versprichst, ihm alles im Weitergehen zu erklären. Vorher musst du dich allerdings entscheiden, ob ihr das Büro durch die steinerne Tür verlasst (weiter bei **151**) oder auf demselben Weg, auf dem ihr gekommen seid, durch das Vorzimmer (**94**).

44

»Mist«, murmelt Bolko. »Licht müsste man haben!« Da euch nichts anderes übrig bleibt, setzt ihr euch tastend, mit weit ausgestreckten Armen und schlurfenden kleinen Schritten in Bewegung. Während dir unsichtbare Spinnweben über das Gesicht streichen, hoffst du inständig, dass sich unter euren Füßen nicht plötzlich eine bodenlose Grube auftun möge. Da hörst du vor euch etwas rascheln! Du bleibst stehen, lauschst. Kein Zweifel: Irgendetwas nähert sich euch durch das Dunkel! Die tapsenden Schritte sowie das verhaltene Schnüffeln lassen auf ein Tier von beträchtlicher Größe schließen … **Befrag des Schicksal:** Erhältst du ᛦ oder ᛖ, weiter bei **162**, bei einer anderen Rune weiter bei **85**.

45 Ungebremst donnert die schwere Bergwerkslore abwärts – und ihr mit ihr! Die gähnenden Mäuler weiterer Abzweigungen sausen vorbei. Schließlich, du fürchtest bereits, eure Schussfahrt würde gar kein Ende mehr nehmen, weichen die Wände rechts und links zurück, und ihr brettert in eine gewaltige Höhle hinein. Dicke Glimmeritbrocken in der Decke erhellen ein verästeltes Netz stählerner Gleise mit Loren darauf, dazu mehrere hölzerne Kräne, die um einen großen Lagerschuppen stehen. Allem Anschein nach handelt es sich um einen verlassenen Verladebahnhof für gefördertes Silber. Weiter im Hintergrund bricht sich der dämmrige Schein des Leuchtgesteins in einem glitzernden Wasserband – ein Fluss, der quer durch das Gewölbe rauscht.

»Oh, verflucht!«, vernimmst du da die Stimme deines Vetters. Du wendest den Blick gerade rechtzeitig wieder nach vorne, um eine Weiche im Gleisbett zu sehen, auf die ihr mit halsbrecherischem Tempo zudonnert! Sie ist nicht gestellt, doch selbst wenn sie es wäre, ihr wärt viel zu schnell, um den Wechsel auf ein Nebengleis unbeschadet zu überstehen! Ein ohrenbetäubendes Krachen, dann siehst du Bolko, die Lore und dich selbst plötzlich wie in Zeitlupe durch die Luft wirbeln … **Befrag das Schicksal:** Erhältst du •, ᚠ oder ᛋ, weiter bei **231**, bei einer anderen Rune weiter bei **82**.

46

Nachdem ihr ihm erneut gedankt habt, führt euch Meister Gisy zur Hintertür seines Hauses, wo der Zwerg einen weiteren Steinsteg ausfahren lässt. Während sich die schmale Brücke rumpelnd auf die andere Seite der Grube zuschiebt, wirfst du ängstliche Blicke zur Höhlendecke hinauf. Doch dort sind keine Geisterwesen mehr zu sehen.

»Sie greifen stets in Intervallen an«, beruhigt dich

Meister Gisy. »Ich habe jetzt schätzungsweise eine Stunde Ruhe, dann wird eine neue Abordnung kommen und versuchen, die Schutzhülle zu durchdringen.«

»Wie lange könnt Ihr die magische Blase noch aufrechterhalten?«, willst du wissen.

»Einen Tag, vielleicht zwei.« Der Schürfdirektor sieht dich traurig an. »Ihr seht, es ist auch in meinem Interesse, dass ihr die Ursache des Spuks so schnell wie möglich ausfindig macht und beseitigt.« Er schüttelt Bolko und dir die Hand. »Ich wünsche euch Glück!«

Ihr überquert die steinerne Brücke und steht kurz darauf am anderen Ende der riesigen Höhle. Von hier gehen drei Gänge ab, alle in unterschiedliche Richtungen. Welchen willst du nehmen: den linken (weiter bei **13**), den mittleren (**30**) oder den rechten (**191**)?

47 Als du einen Blick in den abzweigenden Korridor wirfst, rieselt es dir eiskalt den Rücken hinunter. Kein Zweifel – in dieser Richtung lauert der Tod! Du schüttelst dich und ziehst Bolko an der Abzweigung vorbei. Weiter bei **197**.

48 Mit spitzen Fingern rückst du die Figur auf dem Spielbrett so zurecht, dass der weiße König keinen Zug mehr machen kann – schachmatt! Im selben Augenblick nimmst du aus dem Augenwinkel Bewegungen rechts und links von dir wahr. Entsetzt siehst du mit an, wie sich die uniformierten Skelette auf ihren Stühlen nach Jahrhunderten plötzlich wieder zu regen beginnen! *Die böse Energie des Geisterspuks muss in die sterblichen Überresten der Wachmänner gefahren sein*, schießt es dir durch den Kopf. Da steht das erste Gerippe bereits auf wackligen Beinen und greift sich mit einem knochigen Arm einen gut erhaltenen Knüppel von der Wand. Auch das zweite Skelett macht Anstalten, sich für einen Angriff zu wappnen. Du musst rasch reagieren! Was tust du?

– Du hebst deine Spitzhacke (falls du eine hast) und erwartest den Angriff der Skelette kampfbereit? Weiter bei **170**.

– Du bestäubst dich mit einem magischen Pulver, das unsichtbar macht (falls du so etwas besitzt)? Weiter bei **37**.

– Oder nimmst du die Beine in die Hand und versuchst, aus der Wachkammer zu entkommen? Weiter bei **129**.

49 Das Geschäft wird von einem erstaunlicherweise bartlosen Zwerg namens Hardboldt geführt. Da er in den vergangenen Tagen wegen des Streiks keine müde Kupferkrone umgesetzt hat, ist er ausgesprochen erfreut, endlich wieder Kundschaft zu haben. Begleitet von Gyrolph und Bolko schlenderst du zwischen Vitrinen und Regalen umher und inspizierst das Warenangebot, das speziell für die Arbeit in einem Bergwerk ausgelegt ist. Im Hinblick auf eure bevorstehende Mission erscheinen dir drei Artikel besonders nützlich: Da wären zum einen metallene Schutzhelme mit einem breiten Ledergurt, der zugleich das Kinn schützt. Daneben gibt es stabile Spitzhacken aus einem erstaunlich leichten Metall namens Ammolinum. Zu guter Letzt fallen dir robuste Stiefel ins Auge, in deren Spitzen Schutzkappen für die Zehen eingearbeitet sind. Nach kurzer Rücksprache mit Gyrolph erklärt dieser sich bereit, aus königlichen Mitteln einen Ausrüstungsgegenstand in doppelter Ausführung, für dich und Bolko, zu kaufen. Entscheide dich für etwas (Helme oder Stiefel legt ihr sofort an, die Spitzhacken schultert ihr) und vermerke deine Wahl auf deinem **Abenteuerblatt**. Während Hardboldt euch noch zu eurem vorzüglichen Kauf beglückwünscht, verabschiedet ihr euch und macht euch wieder auf den Weg zu den Minen. Weiter bei **80**.

50 Missmutig folgt dir Bolko um die Ecke. Nach ein paar Schritten bemerkst du ein schnüffelndes Geräusch, von dem du zunächst annimmst, es sei dein Vetter, der schon wieder nach Essbarem schnuppert. Dann jedoch wird dir klar, dass das Geräusch von *vorne* kommt – und schon taucht sein Verursacher vor euch aus dem Halbdunkel auf: Auf zehn knochigen, mehrfach abgewinkelten Beinen rast ein riesiger, grün schillernder Käfer auf euch zu, größer und massiger als ein Bär! Unten am Kopf des Monstrums sitzt eine Art Rüssel, mit dem es gierig euren Geruch einsaugt – den Geruch nach frischem Menschenfleisch! **Befrag das Schicksal:** Erhältst du ᛟ, ᛦ, ᛇ, ᛋ, ᚠ, ᚢ oder ᛝ, weiter bei **28**, bei einer anderen Rune weiter bei **236**.

51

Trotz des Rüttelns und Holperns gelingt es Bolko, den rostigen Hebel mit beiden Händen zu packen und daran zu ziehen. Es quietscht zum Steinerweichen, und für einen bangen Augenblick fürchtest du, dass gar nichts passieren wird … doch dann wird die Lore langsamer und kommt ein paar Dutzend Meter weiter zum Stehen. »Das war eine blöde Idee«, rügst du deinen Vetter. Du steigst aus, klopfst dir den Staub von den Kleidern, dann folgt ihr dem Stollen nach **110**.

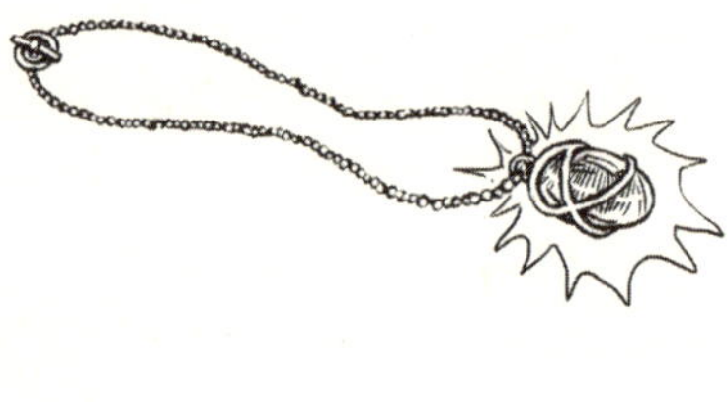

52 Mit klopfendem Herzen betretet ihr den ältesten Trakt der Minen – und damit den Ort, wo du am ehesten einen Hinweis auf den Ursprung des Spuks zu finden hoffst. Schon nach wenigen Schritten wird das Licht merklich schwächer: Zu jener Zeit, da diese Tunnel gegraben wurden, waren die gläsernen Rohrleitungssysteme an der Decke offenbar noch nicht erfunden; stattdessen ist auf einer Seite eine flache Rinne in den felsigen Boden gemeißelt, durch die einst Leuchtflüssigkeit dahingluckerte. Längst sind davon nur noch eingetrocknete Kleckse übrig. Sie verströmen ein schwaches Zwielicht, in dem das Geisterheulen, das in unregelmäßigen Abständen aus der Ferne erklingt, noch unheimlicher wirkt.

»Falls wir das hier überleben und ich je wieder auf die Idee kommen sollte, mich freiwillig für eine derart grässliche Mission zu melden, zieh mir bitte mit einem schweren Knittel eins über den Schädel«, greint Bolko.

»Keine Sorge. Das mach ich glatt!«, versprichst du mit einem bitteren Lächeln. Da wird es vor euch plötzlich heller. Ein intakter Abschnitt des alten Leuchtröhrensystems? Du kneifst die Augen zusammen – und siehst deine Hoffnung jäh enttäuscht: Der helle Schimmer rührt von drei nebelhaften Gestalten her, die sich von der Stollendecke herabsinken lassen und auf euch zugeschwebt kommen! Im selben Moment hallen die Wände von einem mehrstimmigen hohen Klagen wider, lauter, als ihr es je zuvor gehört habt. Erschrocken weicht ihr zurück, aber etwas ist anders als bei eurem vorherigen Zusammentreffen mit den rastlosen Seelen: Eine unnatürliche Kälte durchdringt plötzlich deinen Schädel, eine eisige Klaue scheint dein Gehirn zusammenzupressen! Dir wird schwindelig, als jemand – *etwas* – versucht, von deinem Verstand Besitz zu ergreifen. Tragen du und dein Vetter zum Schutz Kupferscheiben in das Haar auf euren Hinterköpfen eingeflochten? *Wenn ja, lies weiter bei dem Abschnitt, welcher der Zahl der Scheibe entspricht, die sich auf deinem Kopf befindet!* Habt ihr keine solchen Scheiben oder tragt diese nicht auf dem Kopf, weiter bei **174**.

53 Schwer lässt sich Bolko auf die steinerne Sitzfläche plumpsen. »Ahhh, das hab ich gebraucht«, stöhnt er, lehnt sich zurück und schließt die Augen.

Du wartest. Minuten vergehen. Außer den sägenden Geräuschen, die nach einer Weile aus Nase und Mund deines Vetters dringen, tut sich nichts. Offenbar hast du dich getäuscht: An dem Stuhl ist nichts Besonderes, trotz seiner geschmacklosen Verzierungen. Du lässt

Bolko noch ein paar Minuten weiterschlummern, bevor du ihn wachrüttelst. »Mann, hab ich gut gepennt«, murmelt er und reibt sich die Augen. »Als hätte ich eine ganze Nacht durchgeschlafen! Oder drei oder vier …«
Zurück an der Kreuzung musst du dich entscheiden zwischen der gegenüberliegenden Abzweigung, sofern du diese noch nicht erforscht hast (weiter bei **224**), und dem abwärts führenden Haupttunnel (**140**).

54

Interessiert näherst du dich den Puppen, die aus der Nähe noch erheblich scheußlicher aussehen. *Wie kann man nur so was Hässliches sammeln*, denkst du kopfschüttelnd. Da vernimmst du ein leises Kichern! Du wirbelst herum, doch außer dir ist niemand im Raum. Als du dich wieder zu dem Regal mit den Puppen umdrehst, traust deinen Augen nicht: Eine nach der anderen erheben sich die hölzernen Gestalten auf knarzende, wacklige Holzbeine! Ein unirdisches Feuer glüht in ihren winzigen

Knopfaugen, und du begreifst, dass es sich keineswegs um gewöhnliches Spielzeug handelt – die Puppen sind verflucht, du befindest dich in akuter Lebensgefahr! Schon springen die ersten zu Boden. Mit eckigen Bewegungen kommen sie auf dich zu, versuchen, dir den Weg zur Tür abzuschneiden! Was willst du tun? Versuchst du wegzulaufen (weiter bei **159**), oder willst du mit einer Spitzhacke – falls du eine besitzt – um dich schlagen (**65**)? Zückst du dagegen eine dicke graue Kerze (falls du eine hast), weiter bei **43**.

55

Der Zwerg untersucht die Scheiben lange und gründlich. Dann mustert er eure Köpfe, genauer: eure seit Langem ungeschnittenen, von der Reise struppig abstehenden Haare. »Das könnte gehen«, murmelt er und macht sich daran, eine der Scheiben an Bolkos Hinterkopf zu befestigen. Er zieht eine dicke Haarsträhne durch das Loch in der Mitte und knotet außen einen kleinen Holzpflock hinein, damit das Kupferstück nicht abfallen kann. Als er fertig ist und sein Werk prüfend betrachtet, ist Bolko alles andere als begeistert. »Was soll das?«, beschwert er sich. »Ich sehe aus wie ein Trottel!«
Während Gisy sich auch an deinem Haar zu schaffen macht und dir die Scheibe mit der Nummer 11 einflicht (notiere dir dies auf deinem **Abenteuerblatt**),

erklärt er: »Die größte Gefahr geht nicht von den nebelhaften Körpern der Geister dort draußen aus, sondern von ihren telepathischen Kräften! Die Arbeiter, die auf ihrer Flucht hier durchkamen, berichteten mir, dass die rastlosen Seelen tief im Berg vom Verstand etlicher Zwerge Besitz ergriffen hätten. Manche seien unter solchem Einfluss irrsinnig lachend in bodenlose Fördergruben gehüpft, andere hätten wie Berserker mit ihren Spitzhacken auf ihre Genossen eingeschlagen.«

»Aber was hat das mit diesem bescheuerten Kopfschmuck zu tun?«, will Bolko wissen.

»Die Bergleute fanden vor ihrer Flucht heraus, dass Kupfer als einziges Material solche mentalen Angriffe abzuwehren vermag.« Meister Gisy beendet seine Arbeit an dir und tritt zurück. Die Platte ziept etwas an deinen Haaren, aber sie sitzt fest und bedeckt einen guten Teil deines Hinterkopfs.

»Ihr meint, jetzt können uns die Geister nicht mehr telepathisch beeinflussen?«, fragst du.

Der Zwerg nickt. »Der Durchmesser der Platten müsste ausreichen, um die betreffenden Teile eures Gehirns abzuschirmen.«

Bolko nickt besänftigt. »Dann ist es gut. An mein Heldenhirn will ich schließlich nichts kommen lassen!«

Weiter bei **46**.

56 Hintereinander folgt ihr dem schmalen Sims am Flussufer entlang. Der Weg ist beschwerlich, da der Steig kaum einen Fuß breit und feucht vom aufspritzenden Wasser ist, zudem gibt es hier keine Leuchtröhren an der Decke. Lediglich ein sanft leuchtendes Moos, welches ab uns zu am Rand des Flussbetts wächst, verbreitet ein dämmriges Licht. Nichtsdestoweniger kommt ihr gut voran und erreicht wenig später eine Abzweigung zu eurer Linken. Da du vorneweg marschierst, kannst du entscheiden: Möchtest du diesem neuen Stollen folgen (weiter bei **173**), oder gehst du lieber weiter am Fluss entlang (**197**)? Verfügst du über das Talent *Vorahnung* und möchtest es nutzen, um mehr über den abzweigenden Gang zu erfahren, weiter bei **47**.

57 Während du mit zitternden Fingern die Zündschnur in das weiche Ende der Stange steckst, holt Bolko seine Zunderbüchse hervor und schlägt Funken. Sofort fängt die Lunte Feuer, und du schleuderst den Sprengstoff mit aller Kraft in Richtung des herannahenden Ungetüms. Der Wurf sitzt – aber das Geschoss prallt am gewaltigen Schädel der Bestie ab, fällt zu Boden und rollt davon! Erst an der Seitenwand der Höhle kommt die Stange wieder zum Liegen. »In Deckung!«, brüllst du, doch es ist bereits zu spät: Eine unvorstellbare Explosion macht das Zwielicht der Höhle zum Tage, ein Donnerschlag, lauter als alles, was du je gehört hast, zerfetzt dir die Trommelfelle. Dir bleibt eben noch Zeit zu realisieren, dass du die zerstörerische Wirkung des Zwergensprengstoffs unterschätzt hast, als das Unvermeidliche geschieht: Mit einem dumpfen Rumoren stürzt die Höhle ein und begräbt den Hybridocus unter unzähligen Tonnen Gestein – und nicht nur ihn! Dein Abenteuer endet schnell und schmerzhaft.

58 Mit Schritten, die in den Weiten der zwielichtigen Halle unheimlich nachhallen, bahnt ihr euch euren Weg über loses Geröll, eiserne Gleise und allerlei Unrat. Bolko gibt sich alle Mühe, dich bei der Durchsuchung zu unterstützen, doch weder der zerbrochene Schaft einer Spitzhacke noch der einzelne, durchgelaufene Stiefel, den er aus dem Halbdunkel herbeischleppt, lohnen eine genauere Betrachtung. Schließlich hat dein Vetter die Nase voll und lässt sich auf einen Felsbrocken sinken. »Hier gefällt's mir nicht«, quengelt er. »Wir hätten das Bergwerk lieber durch die andere Tür betreten sollen!«

Skeptisch lässt du deinen Blick zwischen dem geschlossenen Flügeltor, der kleinen Stahltür und der schattigen Tunnelöffnung hin und her wandern. Möchtest du Bolkos Einwand ignorieren und endlich in die Minen eindringen (weiter bei **230**) oder lieber zunächst die stählerne Tür öffnen (**178**)? Bist du Bolkos Meinung, dass ihr das Bergwerk tatsächlich lieber von Westen her betreten solltet, weiter bei **95**.

59 Du wirfst das Pökelfleisch in hohem Bogen von dir, sodass es auf halbem Weg zwischen dem heranpreschenden Riesentroll und euch zu Boden fällt (streiche es von deinem **Abenteuerblatt**). Das Ungetüm hält schnüffelnd inne, dann stürzt es sich auf das Bündel und verschlingt die getrockneten Fleischstreifen mit einem einzigen Bissen. Doch schon einen Augenblick später hetzt es brüllend weiter – dein Einfall hat euch lediglich ein paar Sekunden Bedenkzeit verschafft. Was tust du als Nächstes? Wenn du einen silbernen Ring an deinen Finger stecken willst (falls du einen besitzt), weiter bei **246**. Zückst du stattdessen eine Kette mit einem geheimnisvoll glühenden Amulett daran (sofern du eine hast) und schleuderst sie dem Monster entgegen, weiter bei **90**. Besitzt du nichts davon oder willst es nicht benutzen, bleibt dir nur, um dein Leben zu rennen und zu hoffen, dass ihr vor dem Troll die Stollenöffnung am anderen Ende der Grotte erreicht (weiter bei **6**).

60 »Eindeutig Schmorbraten!«, ruft Bolko euphorisch, während ihm bei jedem Schritt mehr Wasser im Mund zusammenzulaufen scheint. »Und Rotkraut! Ganz sicher ist Rotkraut dabei!«

Mittlerweile kannst auch du etwas riechen: Eine Andeutung von Bratfett hängt unter der Decke des Gangs; der Duft scheint zwar nicht von frisch Gekochtem herzurühren, deutet allerdings darauf hin, dass in der Nähe regelmäßig Speisen zubereitet wurden.

Wenig später weitet sich der Gang zu einer fast kreisrunden Höhle. In der Mitte, offenbar aus einem einzigen Stück Fels gehauen und fest mit dem steinigen Untergrund verbunden, steht ein Haus. Es ist kaum größer als eine Blockhütte und hat nur zwei Fenster, die mit dicken Holzläden verrammelt sind. Bolko stößt einen begeisterten Schrei aus und deutet auf ein Schild über der Tür: ZUM GEGRILLTEN TATZELWURM steht dort zu lesen – offenbar war dies ein Gasthaus für Bergarbeiter, solange die Mine noch in Betrieb war.

Jetzt allerdings macht das Lokal einen verlassenen Ein-

druck, der sich bestätigt, als Bolko hinüberrennt und versucht, die Tür zu öffnen. »So ein Mist«, greint er. »Geschlossen. Und ich hatte so gehofft, dass wir hier was zu beißen kriegen!«

Du kennst deinen Vetter gut genug, um zu wissen, dass er eine kleine Aufmunterung in Form von etwas Essbarem allmählich bitter nötig hätte. Andernfalls steht zu befürchten, dass er irgendwann einfach nicht mehr weiter will – oder, noch schlimmer: umkippt und einfach das Bewusstsein verliert! Dir schaudert bei der Vorstellung, den entkräfteten Dickwanst den ganzen weiten Weg zurück zum Großen Südtor schleppen zu müssen, und rasch musterst du das kleine Gasthaus eingehender. Es sieht unbewohnt aus, aber um sicherzugehen, könntet ihr laut an Tür und Fensterläden hämmern, sodass etwaige Bewohner auf euch aufmerksam werden (weiter bei **152**). Eine andere Möglichkeit wäre, die Tür aufzubrechen, in der Hoffnung, drinnen etwas Essbares zu finden (**181**). Erscheint dir beides nicht sinnvoll, könnt ihr die Höhle auch durch einen Stollen auf der gegenüberliegenden Seite verlassen (**108**).

61 Ihr seid dem neuen Gang noch nicht lange gefolgt, da taucht in der rechten Wand eine Tür auf. Das obere Drittel ist mit dickem, undurchsichtigem Milchglas versehen, auf dem sich früher einmal eine Beschriftung befunden haben muss. Leider ist davon nichts mehr übrig als ein paar unleserliche Reste. Bolko schnuppert kurz; da er nichts Essbares ortet, macht er Anstalten weiterzugehen. Willst du ihn zurückpfeifen und die verglaste Tür öffnen, weiter bei **229**. Gehst du ebenfalls vorbei, weiter bei **114**.

62

»Da steht bestimmt ›Tödliche Falle‹«, vermutet Bolko. »Oder ›Wer hier langgeht, ist selbst schuld!‹ Oder ›Unvorstellbare Schmerzen – hier!‹« Du würdest ihm gerne widersprechen, aber leider kannst auch du die Runen auf dem Schild nicht entziffern. Möchtest du den Riss im Gestein trotzdem erforschen (weiter bei **137**) oder lieber dem bisherigen Weg folgen (**188**)?

63

Der Korridor stößt auf einen quer verlaufenden Gang. Links kannst du in ein paar Dutzend Metern Entfernung eine große Tür aus poliertem schwarzem Holz erkennen, während von rechts das Rauschen von Wasser zu hören ist. Da ihr kein Interesse habt, zum Fluss Ybbs zurückzukehren, wendet ihr euch nach links, um die schwarze Tür zu öffnen. Weiter bei **206**.

64 Die Stollentrolle haben ihre teuflische Falle so konstruiert, dass der Großteil des herabfallenden Gerölls auf denjenigen niedergeht, der den Mechanismus ausgelöst hat – Bolko! Während du dich mit einem raschen Sprung rückwärts gerade noch in Sicherheit bringen kannst, wird dein Vetter von unzähligen Felsbrocken getroffen. Ein besonders scharfkantiger kracht auf seine Schulter, und mit einem Aufschrei geht Bolko zu Boden.
Als die Steinlawine nachlässt, musst du feststellen, dass dein Vetter eine schwere Fleischwunde davongetragen hat; sie blutet stark, an eine Fortsetzung eurer Mission ist so nicht zu denken! Du verbindest die Verletzung notdürftig, dann legst du dir Bolkos gesunden Arm um die Schulter und schlägst schweren Herzens den Rückweg zum Großen Südtor ein. Offenbar habt ihr euch zu viel vorgenommen – das Rätsel um den Geisterspuk in König Margolix' Minen muss jemand anderes lösen. Euer Abenteuer endet hier.

65 Du schwingst die Spitzhacke in weiten Kreisen und versuchst, die grässlichen Puppen auf diese Weise zurückzudrängen. Doch die kleinen Teufel sind viel zu flink: Ohne Mühe weichen sie deinen ungelenken Angriffen ein ums andere Mal aus. Schließlich werden dir die Arme lahm, und du lässt den Pickel sinken. Weiter bei **159**.

66 Zögernd folgst du der Alten in die Küche ihres Hauses. Hier wird klar, dass der fragwürdige Geruch keineswegs von köchelndem Kohl stammt, sondern aus etlichen schmutzigen Töpfen dringt, die auf einem Eisenofen vor sich hinblubbern. Öliger Rauch steigt von ihnen auf, und über den Rand eines Topfes baumelt etwas, das ohne Zweifel ein Rattenschwanz ist! Du fragst dich, ob der Besuch in dieser Hexenhöhle wirklich eine gute Idee war – doch da hat Madame Klodwyga bereits eine kopfgroße Kugel aus trübe schimmerndem Kristall aus einer Schublade hervorgeholt und auf dem Tisch postiert. Sie fordert Bolko und dich auf, ihr gegenüber Platz zu nehmen, dann beginnt sie, unverständliches Zeug zu murmeln und mit starrem Blick in die Kugel zu glotzen. Minutenlang geschieht nichts. Allmählich wird Bolko unruhig: In einer Küche ohne etwas Essbares fühlt sich dein Vetter fehl am Platze. Da beginnt Madame Klodwyga plötzlich mit brüchiger Stimme zu krächzen: »Ich seeehe, ich seeehe … *gelb* … dann *grün!* Ich

sehe ... *schwarz,* als nächstes *rot!*« Sie blickt auf, blinzelt verwirrt. »Das war's. Der Blick in eure Zukunft ist beendet. ›Gelb, grün, schwarz und rot‹, das ist alles. Sagt dir das etwas?«
Du schüttelst den Kopf, enttäuscht und ein bisschen verärgert wegen der vertrödelten Zeit. (Wenn du möchtest, kannst du Madame Klodwygas absonderliche Aussage auf deinem **Abenteuerblatt** festhalten.) Gyrolph zahlt der Alten den vereinbarten Preis, dann beeilt ihr euch, ihre stickige Bude zu verlassen und euch endlich auf den Weg zu den Minen zu machen.
Weiter bei **80**.

67

Mühsam klammerst du dich mit einer Hand an die fingerdicken Ranken, während du mit der anderen Bolko hinter dir her die senkrechte Wand hinaufzerrst. Da biegen sich plötzlich mehrere knollenartige Knospen aus dem grünen Gewirr in deine Richtung, klappen spitze Schlangenmäuler auf und beginnen, nach dir zu schnappen! Schockiert bemerkst du deinen Irrtum: Was du für gewöhnliche Schlingpflanzen gehalten hast, ist Beißefeu, eine fleischfressende Art, die in größerer Zahl sogar gefährlich für Menschen sein kann! Schon bohren sich die ersten Dornenzähne in deine Unterarme! Sofort willst du dich zurück zum Boden hangeln, doch da tauchen un-

ten drei massige, von zottigem grauem Fell bedeckte Gestalten aus dem zweiten Gang auf – Stollentrolle! Schon haben die Kolosse euch erspäht und rennen brüllend auf die efeubedeckte Wand zu! Euch bleibt nichts anderes übrig, als weiterzuklettern und zu hoffen, dass ihr irgendwie den hoch gelegenen Sims erreicht.

Um zu verhindern, dass euch auf dem Weg zu viele Knospenköpfe attackieren, musst du eine Route wählen, die möglichst wenig bewachsen ist. *Zähle dazu in der nebenstehenden Illustration alle Mauersteine, die* nicht *von Schlingpflanzen bedeckt sind, und lies beim entsprechenden Abschnitt weiter!* Ergibt der Text dort keinen Sinn, hast du dich verzählt und eine ungeeignete Route eingeschlagen – weiter bei **179**!

68 Ihr betretet einen großen, rechteckigen Raum, in dem ein halbes Dutzend gewaltiger Tische mit mindestens 100 Stühlen drum herum stehen. An der Längsseite, abgetrennt durch einen langen Tresen, reihen sich irdene Herde und Backöfen aneinander – wie es aussieht, habt ihr die Kantine des Bergwerks gefunden. Begeistert stürmt Bolko vorwärts, doch seine Hochstimmung verwandelt sich rasch in Enttäuschung: Sämtliche Töpfe und Pfannen wurden vor der Aufgabe der Küche ordentlich gesäubert, nirgendwo ist auch nur der mickrigste Wurstzipfel zurückgeblieben. Zwar gibt es in der linken Wand eine schmale Tür, die möglicherweise in eine Vorratskammer führt, doch sie ist fest verschlossen. Mit viel gutem Zureden kannst du deinen Vetter dazu bewegen, dir durch eine Stahltür in der rechten Wand der Großküche zu folgen. Sie führt in einen quer verlaufenden Korridor. Rechts von euch verengt er sich bis auf einen schmalen Durchgang, links dagegen weist er eine normale Breite auf. Da die Tür hinter euch bereits ins Schloss gefallen ist und auf dieser Seite weder Knauf noch Klinke aufweist, beschließt ihr, nach links zu gehen. Weiter bei **9**.

69 Wenig später erreicht ihr eine Kreuzung. Der geradeaus führende Stollen scheint sich nach einigen Dutzend Schritten zu einer Höhle zu erweitern, während der linke Tunnel noch älter und verfallener wirkt als die bisherigen. Der Weg nach rechts unterscheidet sich kaum von jenem, dem ihr bisher gefolgt seid. Du runzelst die Stirn und überlegst, welche Richtung ihr einschlagen sollt. Hast du im Verlauf deines Abenteuers eine Zwergentoilette untersucht, wobei deine Kleider nun einen unangenehmen Geruch angenommen haben? Wenn ja, weiter bei **219**, wenn nicht, bei **172**.

70

Nach einer Weile tun sich zwischen den hölzernen Stützbalken auf beiden Seiten des Stollens zwei neue Tunnelöffnungen auf. Hinter beiden liegen niedrige, mit groben Pickelschlägen ins Gestein getriebene Förderschächte. Bolko schüttelt unwillig den Kopf und deutet geradeaus, das Gleis entlang. Möchtest du dennoch eine der Abzweigungen untersuchen, lies weiter bei **224** für die linke oder bei **5** für die rechte. Gehst du lieber geradeaus, weiter bei **140**.

71

Hinter der Tür, deren Knauf sich unangenehm schmierig anfühlt, liegt ein länglicher Raum, der vom Boden bis zur Decke mit weißen Steinkacheln gefliest ist. Im Innern ist der widerliche Fäulnisgeruch um ein Vielfaches stärker, und nach einem raschen Rundblick weißt du auch, woher er rührt: An den Seiten sind in regelmäßigen Abständen Trennwände angebracht; dazwischen befinden sich insgesamt zwei Dutzend aus Stein gemeißelte, plumpe Sitze mit einem großen, runden Loch in der Mitte. »Ein Klo«, stöhnt Bolko. »Wir haben eine Zwergentoilette entdeckt!« Trotz des abstoßenden Miefs siehst du dich kurz um. Offenbar funktioniert die Bedürfnisstätte wie ein riesiges Plumpsklo, dessen tiefer gelegener Auffangbehälter regelmäßig durch Umleiten eines unterirdischen Flusslaufs geflutet wird. Dies ist jedoch schon seit Wochen nicht mehr geschehen – kein Wunder, dass es so infernalisch stinkt! Rasch verlasst ihr den Raum wieder und folgt dem Gang. Beim Weitergehen stellst du angewidert fest, dass deine Kleidung trotz der kurzen Dauer deines Aufenthalts etwas von dem üblen Toilettengestank angenommen hat. Es wird geraume Zeit dauern, bis er wieder verflogen ist. (Vermerke den unschönen Duft deiner Garderobe auf deinem **Abenteuerblatt**.) Weiter bei **114**.

72

Vorsichtig senkst du deinen Fuß auf die Fliese herab … Weiter bei **27**.

73

Während ihr dem Gang durch das grünliche Zwielicht folgt, hast du immer wieder den Eindruck, vor und hinter euch trippelnde Geräusche zu hören, einmal glaubst du sogar eine huschende, schattenhafte Bewegung dicht über dem Boden wahrzunehmen. *Bestimmt Ratten*, hoffst du stumm.

Als du merkst, dass auch Bolko angespannt ist und bei jedem Schritt auf ein geisterhaftes Heulen zu lauschen scheint, beschließt du, ihn zur Ablenkung in ein Gespräch zu verwickeln. »Was glaubst du, könnte hinter den Spukerscheinungen stecken?«, fragst du bemüht sorglos.

»Was weiß denn ich?«, gibt er unwirsch zurück. »Ich frage mich vielmehr, warum ich diesen dämlichen Auftrag überhaupt angenommen habe! Mir knurrt jetzt schon der Magen, und wer weiß, ob wir aus diesem Felsengrab je lebendig wieder rauskommen?« Er stöhnt theatralisch, zuckt jedoch im selben Moment erschrocken zusammen, als der Laut um ein Vielfaches verstärkt zwischen den Wänden des Stollens widerhallt. »Ich wünschte, Kjara würde uns begleiten, wie beim letzten Mal!«

Lächelnd erinnerst du dich an euer zurückliegendes Abenteuer, bei dem die kleine Alve euch mit ihrer Magie dabei half, den Angriff von Gorlashs finsteren Horden abzuwehren. »Ich hatte nicht den Eindruck, dass du sie besonders gut leiden konntest«, sagst du.

»Zumindest roch sie lecker. Nach Marzipan!«, murmelt Bolko, und sein knurrender Magen unterstreicht seine Worte.

Ein paar Schritte weiter erreicht ihr eine unregelmäßig geformte Öffnung in der rechten Wand. Dahinter liegt ein Tunnel, der weniger wie ein Bergwerksschacht als vielmehr wie ein natürlich entstandener Riss im Gestein aussieht. Neben der Öffnung ist ein verwittertes Schild angebracht, auf dem mit verschnörkelten Zwergenrunen etwas geschrieben steht. Verfügst du über das Talent *Schriftenkunde*, weiter bei **210**. Wenn nicht, bei **62**.

74 Das Erste, was dir auf dem riesigen Schreibtisch auffällt, ist eine kunstvoll geformte Sanduhr, in deren Sockel gleich in mehreren Sprachen ein kurzer Spruch eingraviert ist: *Zeit ist Geld!* Da auf der Tischplatte ansonsten nichts Interessantes zu finden ist, machst du dich daran, die Schubladen zu durchsuchen. Du stößt auf mehrere Ordner voller Unterlagen, die unter deinen Fingern jedoch allesamt zu Staub zerfallen. Ohne große Hoffnung suchst du weiter – und findest ein in schwarzes Leder gebundenes Büchlein, offenbar ein Tagebuch! Die Seiten bestehen aus dickem Pergament und haben dem Zahn der Zeit weitaus besser widerstanden als die restlichen Papiere. Als du es aufschlägst, stellst du fest, dass es mit

handschriftlichen Einträgen gefüllt ist, die nicht in zwergischen Runen, sondern dem unter Menschen gebräuchlichen konduulischen Alphabet gehalten sind. Das kann nur eines bedeuten: Wer auch immer dieses Tagebuch geführt hat, er wollte nicht, dass andere Zwerge seine Einträge entziffern können!
Du beginnst zu lesen und stellst rasch fest, dass es sich um die Aufzeichnungen eines Zwergs namens Bofyr handelt, der vor rund 700 Jahren als Schürfdirektor in den Minen gewirkt hat. Die Erlebnisse, die er während des ersten halben Jahres nach seinem Amtsantritt schildert, sind eher nichtssagend, und du blätterst zügig weiter. Dann jedoch stellen sich dir die Nackenhaare auf: Nachdem er sich auf seinem Posten einigermaßen eingelebt hatte, schildert Bofyr, wie er mithilfe allerlei brutaler Methoden versuchte, die Erträge des Bergwerks zu steigern. Er verlängerte die Schichten der Minenarbeiter, bis ihnen kaum mehr Zeit zum Schlafen oder Essen blieb, und importierte ohne das Wissen des damaligen Königs Sklaven aus verschiedenen Nachbarländern. Du musst eine aufkeimende Übelkeit unterdrücken, als Bofyr in einem Eintrag voller Stolz schildert, dass er in geheimen alchimistischen Laboratorien sogar eigens Lebewesen für die Arbeit unter Tage heranzüchten ließ: tumbe, willenlose Mutanten mit verknöcherten Auswüchsen

anstelle von Händen, welche ihnen die Bearbeitung von Gestein ganz ohne Werkzeug ermöglichten! Auch die seit Langem geschlossenen, vom Einsturz bedrohten Gründungstrakte der Minen ließ Bofyr von Neuem öffnen, um sie weiter auszubeuten.

Je weiter du in dem Tagebuch vordringst, desto deutlicher wird, um was für einen gierigen und skrupellosen Charakter es sich bei dem damaligen Schürfdirektor gehandelt hat. Nach kaum einem Jahr begann Bofyr, Erträge der Minen in seine eigene Tasche zu wirtschaften; er fälschte Bilanzen und Abrechnungen und sammelte so einen beträchtlichen Reichtum an. Beschwerden und Aufstände seiner Untergebenen schlug er mit rücksichtsloser Gewalt nieder, wobei es zu zahlreichen Todesfällen kam. Da ohnehin viele Zwerge als Folge der unmenschlichen Arbeitsbedingungen ums Leben kamen, ließ er einen Friedhof in einer großen, unterirdischen Grotte anlegen; die Folgen seiner Tyrannei sollten niemals an die Oberfläche dringen.

Auf die grausamste Episode stößt du, kurz bevor Bofyrs Aufzeichnungen abbrechen: In einem Eintrag berichtet der Schürfdirektor, dass eine Gruppe von Sklaven – 23 Dunkelelben, die er aus dem fernen Umbrica importiert hatte – nach Monaten härtester körperlicher Entbehrungen nicht mehr imstande gewesen sei, ihrer Arbeit in den uralten Stollen im nördlichen

Teil der Anlage nachzugehen; viele litten an Krankheiten, andere waren so entkräftet, dass sie kaum noch die Spitzhacke heben konnten. Die Elben flehten Bofyr an, in ihre Quartiere zurückkehren und sich in die Obhut der Bergwerksheiler begeben zu dürfen. Doch der gierige Direktor lehnte diese »überflüssige Verschwendung von Zeit und Geldmitteln« ab. Stattdessen ließ er die 23 Dunkelelben kurzerhand in ihrem Förderschacht einmauern – lebendig! Der alte Stollen sei sowieso nicht mehr ergiebig gewesen, bemerkt Bofyr zynisch. Du bist so bestürzt, dass du den letzten Eintrag, in dem er seine Vorbereitungen für die Flucht ins ferne Mesh beschreibt, kaum mehr lesen magst.
Als du das Tagebuch schließlich sinken lässt, zieht sich eine Gänsehaut über deinen Rücken – denn jetzt hast du einen begründeten Verdacht, um *wessen* rastlose Seelen es sich bei den Geistererscheinungen, die die Minen heimsuchen, handeln könnte! Du hoffst, dass dir dieses neu gewonnene Wissen irgendwie von Nutzen sein wird. (Notiere dir die Anzahl der ermordeten Dunkelelben auf deinem **Abenteuerblatt**.) Bolko, der während deiner Lektüre selig in dem Lehnstuhl vor sich hingeschnarcht hat, erwacht träge. »Wohin jetzt?«, erkundigt er sich und reibt sich die Augen. Möchtest du das Büro des Schürfdirektors auf demselben Weg wieder verlassen, auf dem ihr gekommen

seid, also durch das Vorzimmer (weiter bei **94**), oder ziehst du es vor, die steinerne Pforte (**151**) oder die unscheinbare Tapetentür (**205**) zu öffnen?

75

Geistesgegenwärtig duckst du dich hinter eines der klobigen Betten und hältst den Atem an. An den Geräuschen, die der Troll verursacht, kannst du erkennen, dass er plötzlich innehält. Hat er bemerkt, dass die Tür zum Flur offen steht? Nein, denn jetzt macht er sich schnaubend daran, ein weiteres Bett auseinanderzunehmen, auf der Suche nach Beute. Du wartest, bis erneut das Reißen von Matratzenstoff zu hören ist, dann robbst du vorsichtig auf allen vieren in Richtung Tür. Deine besondere Gabe lässt dich auch hierbei nicht im Stich: Es gelingt dir, nach draußen zu schlüpfen und die Tür lautlos hinter dir zuziehen, ohne dass der Stollentroll auf dich aufmerksam wird.

Als Bolko mit gehobenen Brauen auf dich zukommt, presst du ihm hastig eine Hand vor den Mund. Stumm ziehst du ihn von der Tür fort – aber wohin? In den Gang mit der gewölbten Decke, aus dem es angeblich nach Essen duftet (weiter bei **60**), oder weiter den bisherigen Korridor entlang (**180**)?

76 Ein Blick auf deine Karte verrät dir, dass links von euch lediglich weitere Förderschächte liegen. Rechts dagegen sind mehrere größere Räumlichkeiten verzeichnet. Du hältst es für wahrscheinlicher, dass der Ursprung des Spuks dort zu finden ist, also wendest du dich nach rechts. Weiter bei **69**.

77 Ihr erreicht den Schuppen knapp vor den wütenden Trollen. Zum Glück ist die Tür nicht verschlossen. Kaum seid ihr drinnen, verrammelt ihr sie mit allem, was ihr im schattigen Inneren des Verschlags findet: Kisten, Latten, sogar eine alte Bergwerkslore rollt ihr davor. Als Augenblicke später die ersten Fausthiebe der Trolle die Holzplanken erbeben lassen, fühlt ihr euch einigermaßen sicher. So schnell werden die Biester hier nicht eindringen.
Aber was nützt es euch? Bestürzt wird dir klar, dass euer Ende nur einen geringfügigen Aufschub erfahren hat: Der Schuppen hat keine weiteren Ausgänge, und selbst wenn er welche hätte, ihr könntet doch nicht hinaus!
Über kurz oder lang wird es den Stollentrollen gelingen, die Tür aufzubrechen, und was euch dann erwartet … du wagst nicht, darüber nachzudenken! Eng aneinandergepresst harrt ihr aus, während die Trolle heulend und brüllend um den Schuppen streichen.

Eure letzten Stunden sind angebrochen – du wirst die Minen von Gnarling nie mehr lebend verlassen!

78 Du versuchst, mithilfe deiner Gabe Kontakt zu den untoten Kreaturen aufzunehmen. Doch die Zombiber sind längst nicht mehr zu normalen Lautäußerungen fähig. Ihrem Knurren und Sabbern kannst du nur eins ohne Zweifel entnehmen: Sie sind hungrig nach eurem Fleisch! **Befrag das Schicksal:** Erhältst du ᛖ oder *, weiter bei **38**, bei einer anderen Rune weiter bei **164**.

79 Ihr ignoriert die Bisse der nadelspitzen Reißzähne tapfer und erreicht mit Müh und Not den Sims. Keuchend und aus einer Vielzahl kleiner Wunden blutend zieht ihr euch über den Rand, wo ihr minutenlang entkräftet liegen bleibt. Eure Muskeln fühlen sich an wie Pudding – kein Wunder, hat der Beißefeu euch doch bei jedem Biss eine kleine Menge betäubendes Gift eingespritzt, mit dem er normalerweise seine Beutetiere lähmt. Sobald du dich wieder rühren kannst, spähst du ängstlich nach unten, wo die Stollentrolle wütend ihre steinernen Keulen schwingen. Doch eure Kletterpartie hat die Mauer unter euch in ein Meer aus peitschenden Ranken und schnappenden Knospenmäulern verwandelt – die Trolle wagen nicht, euch zu folgen! Mehrmals drohen sie euch mit den Fäusten, dann verlieren sie die Geduld und ziehen sich in den Tunnel zurück, aus dem ihr zuvor gekommen seid. Ihr erhebt euch, um eure Suche fortzusetzen. Folgt ihr dem hoch gelegenen Sims durch die Öffnung in der linken (weiter bei **120**) oder die in der rechten Höhlenwand (**157**)?

80 Bald erreicht ihr die Außenbezirke der Zwergenstadt. »Der Haupteingang der königlichen Minen, das Große Südtor, liegt unmittelbar hinter der Stadtgrenze, am Fuß des Bergmassivs«, erklärt Gyrolph. »Durch die dahinterliegenden Tunnel erreicht man die Schürfgründe, die Quartiere der Arbeiter und so weiter. Viele der Wege sind beschildert, dennoch solltet ihr unterwegs vielleicht eine Karte zeichnen, um euch im Gewirr der Gänge nicht zu verlaufen.« Gyrolph bleibt stehen und deutet in die Richtung, wo sich die Nachmittagssonne allmählich dem Horizont nähert. »Es gibt aber auch noch eine zweite Möglichkeit, die Minen zu betreten. Ein Stück westlich von hier befindet sich ein kleinerer, wirtschaftlich eher unbedeutender Zugang: die sogenannte Westtür. Sie führt auf direktem Weg ins Herz der Anlagen, wo sich unter anderem der Sitz der Bergwerksverwaltung befindet.«

»Bergwerksverwaltung?«, wiederholst du fragend.

»Ein kleines Bürogebäude im Zentrum des Stollensystems«, bestätigt Gyrolph nickend. »Von dort aus beaufsichtigt Meister Gisy, der aktuelle Schürfdirektor, sämtliche Vorgänge in den Stollen.«

Du hebst erstaunt die Brauen. »Auch jetzt noch? Ich dachte, alle Zwerge wären längst geflohen.«

Euer Führer schüttelt den Kopf. »Ich habe bisher nicht gehört, dass auch Meister Gisy seinen Posten verlassen und dem Streik beigetreten wäre. Das bedeutet, der Arme sitzt nach wie vor dort unten, umgeben von Felsmaden, Stollentrollen und diesem unerklärlichen Heulen aus der Tiefe ...« Ein Schauder schüttelt Gyrolphs gedrungenen Körper, doch rasch reißt er sich wieder zusammen. »Wohin soll ich euch bringen? Zum Großen Südtor oder zur Westtür?«

Von deinem Vetter, der in den letzten Minuten gut ein Dutzend Mal ausgiebig gegähnt hat, kannst du in dieser Entscheidung keine Hilfe erwarten. Du musst bestimmen: Wollt ihr die Minen durch den südlichen (weiter bei **202**) oder den westlichen Eingang betreten (**35**)?

81

Der Tunnel endet an einem Quergang. Interessiert schaust du in beide Richtungen dieser T-Kreuzung. Zur Linken scheinen die Wände in einiger Entfernung mit einer Art schwarzer Schmiere überzogen zu sein, rechts sieht alles normal aus. Möchtest du dir das merkwürdige Phänomen genauer ansehen, weiter bei **242**. Gehst du lieber nach rechts, weiter bei **69**.

82

In hohem Bogen segelst du durch die Luft. Der Aufprall auf den steinigen Boden ist hart, aber es gelingt dir, dich ohne nennenswerte Verletzungen über die Schulter abzurollen. Hastig siehst du dich um. Wie ist es Bolko ergangen?

Du entdeckst ihn ein Stück weiter neben dem Gleis, wo er laut stöhnend am Boden liegt – so laut, wie es nur jemand kann, der wie durch ein Wunder ebenfalls nichts abbekommen hat. Ein paar Meter weiter liegt die zerbeulte Lore, die zum Glück weit genug entfernt aufgekommen ist, um euch nicht gefährlich zu werden. Ganz ohne Verluste ist euer Sturz dennoch nicht abgegangen: Als du dich vom Boden hochrappelst, stellst du fest, dass sich in der Luft dein Rucksack geöffnet hat und *alle* Gegenstände herausgesegelt sind, die du im Laufe deiner Reise bisher gefunden hast (korrigiere dein **Abenteuerblatt** entsprechend). Du willst dich gerade daran machen, die Sachen im Zwielicht der Höhle wieder zusammenzusuchen, da stellst du fest, dass das Getöse, welches ihr verursacht habt, nicht unbemerkt geblieben ist! Weiter bei **147**.

83 Der Tunnel verbreitert sich zu einer Höhle, in deren Mitte du etwas ausmachen kannst, das im Halbdunkel an einen großen Tümpel erinnert. »Prima, ein Teich«, freut sich Bolko und stürmt vorwärts. »In dem werde ich jetzt meine geschundenen Füße kühlen, und wenn es das Letzte ist, was ich tue!«
»Möglicherweise wäre das *tatsächlich* das Letzte, was du tust«, erwiderst du mit einem Blick auf die schwarze, zähflüssige Pampe. Faustgroße Blasen steigen daraus auf und zerplatzen mit rülpsenden Lauten, wobei sie übel riechende Dämpfe ausstoßen. »Das sieht mir verdächtig nach einer Teergrube aus.«
Dein Vetter, der sich bereits hopsend den ersten Stiefel

vom Fuß gezogen hat, verharrt mitten in der Bewegung. »Teer? Was ist denn das für eine dämliche ...« Der Rest seines Satzes erblickt nie das Licht der Welt, denn in diesem Augenblick erbebt die Grotte unter einem ohrenbetäubenden Brüllen. Sekunden später springt hinter einer Ansammlung baumhoher, aus dem Boden wachsender Stalagmiten eine Kreatur in euer Blickfeld, die deinen schlimmsten Albträumen entsprungen zu sein scheint: Hoch wie ein Turm, erinnert sie an die kolossalen Urechsen, die laut den Gelehrten einst Monravia beherrschten und aus denen später die Drachen hervorgegangen sein sollen. Mit schreckgeweiteten Augen erkennst du Merkmale vieler verschiedener Urzeitwesen: Über den Rücken bis hinab zum Schwanz, dessen Spitze von einer zentnerschweren, stachelgespickten Keule gekrönt wird, verlaufen zwei Reihen aufrecht stehender Hornplatten. Am Ende der vergleichsweise kleinen Arme sitzen säbelartige Knochenklauen, und aus dem Schädel mit den meterlangen, reißzahnbesetzten Kiefern sprießen drei armlange Hörner.

»Ein ... ein Hybridocus«, stammelst du fassungslos, als Bruchstücke alter Überlieferungen in dein Gedächtnis zurückkehren; danach soll es einstmals ein Untier gegeben haben, das die Eigenschaften aller bekannten Riesenechsen in sich vereinte und durch

seine Gefräßigkeit letztlich für deren Aussterben sorgte – den Hybridocus!

Auf zwei muskulösen Hinterbeinen umrundet das Monstrum im Handumdrehen die Teergrube und kommt fauchend auf euch zu! Bolko ist vor Furcht wie gelähmt, während du in Gedanken blitzschnell durchgehst, welcher Teil deiner Ausrüstung dir möglicherweise helfen könnte, euch vor dem gewaltigen Allesfresser zu schützen. Was ziehst du aus deinem Rucksack hervor (falls du es besitzt):

– einen Schraubtiegel mit magischem Staub, der Dinge unsichtbar machen kann (weiter bei **154**)?

– eine Stange Sprengstoff (**57**)?

– ein geheimnisvoll glühendes Amulett an einer Kette (**216**)?

– nichts davon (**182**)?

84

Dank deiner besonderen Gabe gelingt es dir ohne Mühe, die Beschriftung des Wegweisers zu entziffern: Auf dem nach links weisenden Schild ist »Magazin/Gießerei« zu lesen, das rechte besagt »Unterkünfte/Verpflegung«. Der geradeaus weisende Pfeil verheißt dagegen »Förderschächte«. Kaum hast du die zur Wahl stehenden Möglichkeiten vorgelesen, kommt plötzlich wieder Leben in deinen dicken Vetter: Begeistert hüpft er auf und ab und deutet auf den rechten Stollen. »Mein sechster Sinn sagt mir, dass wir die Lösung des Spukrätsels gewiss *dort* finden!«, ruft er, und dir dämmert, dass es hauptsächlich die Aussicht auf etwas Essbares ist, die deinen Vetter anspornt. Wohin willst du gehen: nach links (weiter bei **243**), nach rechts (**89**) oder geradeaus (**110**)?

85 Plötzlich geht alles ganz schnell: Direkt neben dir hörst du ein knurrendes Geräusch, gefolgt von einem dumpfen Aufprall, als eine schweren Klaue auf weiches Fleisch trifft. Dann stößt Bolko in der Finsternis einen gellenden Schrei aus! Du taumelst seitwärts, prallst gegen die unebene Wand des Stollens und beginnst panisch in deinem Rucksack nach deinem Dolch zu kramen. Da bohren sich plötzlich rasiermesserscharfe Raubtierzähne in deine Kehle!
Du wirst nie erfahren, welche Kreatur euch in dem finsteren Tunnel aufgelauert hat, denn dein Abenteuer und dein Leben enden hier.

86 Du bedankst dich bei Meister Gisy und willst dich verabschieden, als dir eine Idee kommt: Falls du auf deinem bisherigen Weg einen Gegenstand gefunden hast, bei dem du dir nicht recht sicher bist, wofür er gut ist, könntest du den Schürfdirektor danach fragen. Möchtest du dich erkundigen nach:

- einem glimmenden Amulett an einer Kette (weiter bei **25**),
- einer dicken grauen Talgkerze (**244**)
- oder nach zwei Kupferscheiben mit eingravierten Zahlen (in diesem Fall *addiere die beiden eingravierten Zahlen und lies beim betreffenden Abschnitt weiter*)?

Besitzt du nichts davon, verabschiedest du dich ohne weitere Fragen. Weiter bei **46**.

87

Deine Frage lässt die Zwerge unruhig auf ihren Stühlen herumrutschen. »Wie gesagt … wir verlassen seit Tagen nicht mehr unsere Wachstube«, gibt einer halblaut zu.

»Und die Kollegen, die davor fluchtartig die Minen verließen, waren so schreckensbleich, dass wir es für klüger hielten, sie nicht darüber auszuquetschen, was sie in den Stollen gesehen hatten«, fügt ein anderer hinzu.

»Weil ihr es sonst vielleicht mit der Angst bekommen und euren schönen, gut bezahlten Arbeitsplatz ebenfalls verlassen hättet«, kombinierst du laut. Keiner der vier widcrspricht.

»Ihr wollt damit sagen, ihr habt keine Ahnung, wie es tiefer in den Minen momentan aussieht?«, vergewissert sich Bolko ungläubig.
»Irgendwo im östlichen Teil soll ein Rudel Bergbiber oder Wasserratten den Fluss Ybbs aufgestaut haben, der unter den Bergen hindurch quer durch das Bergwerk fließt«, erklärt ein Zwerg ausweichend. »Aber das war schon, bevor die ersten Spukwesen auftauchten. Mehr wissen wir nicht.«
Dir wird klar, dass du nichts Nützliches aus diesen vieren herausbekommen wirst. Der Qualm ihrer Pfeifen wird indes immer dicker, weswegen du beschließt, die Wachstube zu verlassen. Weiter bei **29**.

88 Der Gang mündet in ein mächtiges Treppenhaus. Die Wände dieses Schachts, durch den sich steinerne Stufen in korkenzieherartigen Windungen aufwärts erstrecken, sind mit Fackeln geschmückt, und aus der Höhe dringt eine erneute Brise zu euch herab. Beflügelt durch die Aussicht auf Tageslicht und frische Luft, hopst Bolko ungelenk die Stufen hinauf. Ihr passiert etliche Türen und Tunnelmündungen, bevor die Wendeltreppe in einer Halle mit einem mächtigen eisernen Tor endet. Es ist verschlossen, aber auf euer Klopfen öffnet ein Trupp bewaffneter Zwergenwächter die Pforte von der anderen Seite.

Wie sich herausstellt, seid ihr am nördlichen Ende der Minen angelangt, dem sogenannten Großen Nordtor. Ungefragt bringen euch die Wachen zu König Margolix, der sogleich wissen will, ob ihr sein Bergwerk von der Heimsuchung befreit habt. Zögernd gestehst du, dass ihr zwar auf eurem Weg durch die labyrinthischen Tiefen auf gewisse Verdachtsmomente gestoßen seid, die Quelle des Spuks jedoch nicht gefunden habt. Darauf verfinstert sich das bärtige Gesicht des Königs vor Enttäuschung. Rasch tritt Bolko vor, wirft sich in die Brust und bietet an, dass ihr es ja ein weiteres Mal versuchen könntet. Aber Versagern will der König keine zweite Chance geben. Niedergeschlagen kehrt ihr nach Roog zurück. Ihr mögt lebendig aus den Minen von Gnarling zurückgekehrt sein, das Rätsel um den Geisterspuk habt ihr nicht gelöst. Ihr seid gescheitert!

89

Ihr folgt dem hohen, ordentlich verschalten Korridor eine Weile, bis in der rechten Seitenwand eine schmucklose Tür auftaucht. Möchtest du anhalten, um sie zu öffnen (weiter bei **142**), oder gehst du lieber daran vorbei (**247**)?

90 Du ziehst das Schmuckstück aus dem Rucksack und wirbelst es wie ein Hammerwerfer über dem Kopf herum, bevor du loslässt. Das glühende Amulett beschreibt einen hohen Bogen … und bleibt mit der Kette genau an einer ausgestreckten Klaue des Riesenbiests hängen! Der Troll stutzt, blinzelt den glänzenden Stein dümmlich an – da passiert es: Urplötzlich beginnt der mächtige Körper des Monsters zu schrumpfen! Sein schauerliches Gebrüll wird zu einem ängstlichen Quieken, und als die unfassbare Verwandlung wenige Augenblicke später beendet ist, ist von dem Stollentroll nichts mehr zu sehen. Stattdessen sitzt vor euch ein Tier, das wie eine missglückte Mischung aus einem Hängebauchschwein und einer räudigen Ratte aussieht. Als du einen vorsichtigen Schritt darauf zumachst, verzieht es sich winselnd zwischen die Grabsteine, wobei es dein Amulett mitschleift (streiche es von deinem **Abenteuerblatt**).

»Stramme Leistung«, lobt Bolko, während ihr die Grotte durch die Stollenöffnung am anderen Ende verlasst. »Dieser verfressene, hinterhältige Kerl hat sich in das verwandelt, was er tief in seinem Innern war!«

Ihr folgt dem Tunnel hinter dem Durchgang um eine Biegung und findet euch unvermittelt vor einer schmalen Tür aus schwarzem, poliertem Holz wieder. Neugierig drückst du die Klinke herunter. Weiter bei **206**.

91 Die Stollentrolle haben ihre teuflische Falle so konstruiert, dass der Großteil des herabfallenden Gerölls denjenigen trifft, der den Mechanismus ausgelöst hat – dich! Krachend und polternd geht die Lawine aus Felstrümmern über dir nieder. Du versuchst, dich durch einen verzweifelten Hechtsprung aus der Gefahrenzone zu bringen, doch du bist zu langsam: Ein schwerer Steinbrocken trifft dich mit voller Wucht auf den Hinterkopf. Du hörst Knochen knirschen, dann wird alles schwarz. Dein Abenteuer ist zu Ende.

92 »Ich denke, es wird unseren Nachforschungen dienlich sein, wenn ich mir erst mal einen Braten mit Klößen bestelle«, behauptet Bolko mit gierigem Blick. Bevor du ihn darauf hinweisen kannst, dass ihr gar kein Geld bei euch habt, hat er seine Ankündigung bereits in die Tat umgesetzt. Als dein Vetter wenig später sein pausbäckiges Gesicht in einen Berg aus Fleisch und Knödeln versenkt, findest du zumindest Gelegenheit für ein kurzes Gespräch mit dem Besitzer des TRUNKENEN EBERS. Wie du gehofft hast, ist Armyn, der Schankwirt, regelmäßig Anlaufpunkt für die

Sorgen und Nöte seiner Gäste. »Was immer seit dem letzten Neumond da unten in den Schächten vorgeht«, raunt er dir mit verschwörerischer Miene zu, »es hat die Männer echt mitgenommen. Und wir Zwerge sind bei Gott keine Angsthasen! Aber dieses geisterhafte Heulen zermürbt selbst den mutigsten Bergmann.«

»Was wisst Ihr über die Spukerscheinungen?«, willst du wissen, während Bolko im Hintergrund mit einem lauten Rülpser sein Mahl beendet.

»Nach allem, was ich gehört habe, wurden die ersten der geisterhaften Schemen nördlich des Flusses Ybbs gesehen, der die Mine in zwei Hälften teilt. Mittlerweile machen diese grässlichen Gestalten allerdings auch die südliche Hälfte unsicher. Kein Wunder, dass sich niemand mehr hineinwagt!«

Gyrolph erscheint in der Tür der Kneipe, um zu sehen, wo ihr bleibt. Im Namen von König Margolix begleicht er Bolkos Zeche, dann folgt ihr dem Zwerg nach draußen, zum Eingang der Minen. Weiter bei **80**.

93 »Zur Brücke!«, brüllst du und rennst los. Kaum habt ihr euch in Bewegung gesetzt, schwenkt das Trollrudel herum und versucht, euch den Weg abzuschneiden. Die Giganten mögen plump sein, aber mit einem einzigen ihrer affenartigen Hopser machen sie mehr Boden gut als ihr mit einem halben Dutzend

Schritten! Schon wird ihr tierhaftes Grunzen hinter deinem Rücken lauter und lauter ... **Befrag das Schicksal:** Erhältst du ᚠ, ᚦ, ᛟ oder ᚢ, weiter bei **228**, bei einer anderen Rune weiter bei **175**.

94 Durch den teilweise eingestürzten Tunnelabschnitt kehrt ihr zurück in die Höhle mit der efeubedeckten Steilwand, wo ihr dem hoch gelegenen Sims in die andere Richtung folgt. Wenig später erreicht ihr den Umriss eines spitz zulaufenden, ehemals mit Holzlatten vernagelten Torbogens in der linken Wand. Aus der Finsternis jenseits der lange verfaulten Bretter dringt ein fernes Heulen. *Wart ihr an dieser Stelle schon einmal?* Wenn ja, weiter bei **145**, wenn nicht, bei **189**.

95 Auf das verabredete Klopfsignal öffnen die Wachmänner das große Tor für euch. Als deine Augen sich an die Helligkeit draußen gewöhnt haben, stellst du fest, dass Gyrolph ganz in der Nähe an einer Felswand lehnt und eine dicke, schnitzwerkverzierte Pfeife schmaucht, offenbar, um seine Nerven zu beruhigen. Der junge Zwerg zeigt sich zwar verwundert über eure unerwartete Rückkehr, ist aber gerne bereit, euch zur Westtür zu geleiten. Weiter bei **35**.

96 Mit einem letzten konzentrierten Schritt erreichst du die große Flügeltür. Probehalber drückst du eine ihrer Klinken herunter – sie ist nicht verschlossen. Zufrieden drehst du dich um und forderst Bolko auf, zu dir herüberzukommen und dabei exakt dieselbe Fliesenkombination zu betreten wie du. Du hast kaum ausgeredet, da nickt er bereits eifrig und stapft los! **Befrag das Schicksal:** Erhältst du ᛦ, ᛋ, ᛗ, ᚠ oder ᛚ, weiter bei **4**, bei einer anderen Rune weiter bei **115**.

97 Ihr seid bereits mehrere Dutzend Meter zwischen den schwarz verschmierten Wänden vorangekommen, ohne dass etwas passiert ist, da ertönt plötzlich ein durchdringendes Quaken, und ein monströses, froschartiges Ungetüm lässt sich direkt vor euch von der Stollendecke herabfallen! Es hat eine dunkle, warzige Haut, die aus zahllosen Drüsen beständig ätzende Pampe absondert. Als es ein riesiges, zahnloses Maul aufreißt, in dem Fäden aus schwärzlichem Schleim baumeln, fällt es dir mit einem Mal wie Schuppen von den Augen: Ihr seid ins Revier eines Schwarzen Salpeters eingedrungen, eines extrem seltenen, unterirdisch hausenden Monstrums! Statt seine Beute mit Zähnen zu zermalmen, zersetzt diese Bestie sie mithilfe einer hochkonzentrierten Verdauungssäure in seinem Maul zu Brei.

Panisch wirbelst du herum und versuchst wegzulaufen, in deiner Hektik prallst du jedoch gegen Bolko, der vor Angst wie zur Salzsäure erstarrt dasteht. Schreiend purzelt ihr übereinander, als plötzlich die klebrige Zunge des Schwarzen Salpeter hervorschnellt. Wie ein armdickes Lasso wickelt sie sich um deinen Vetter und dich – und zerrt! Mit aller Kraft kämpft ihr gegen den Zug an, doch der urtümlichen Gewalt des Kolosses seid ihr nicht gewachsen. Schon klafft sein sabberndes Maul vor euch auf ... Dein Abenteuer nimmt ein höchst unappetitliches Ende!

98 Mit der Zeit nimmt die Fließgeschwindigkeit des Flusses zu, und bald ist der schmale Sims unter euren Füßen glitschig von Spritzwasser. Unvermittelt übertönt jedoch ein neues Geräusch das allgegenwärtige Tosen und Rauschen: ein schrilles Heulen! Erschrocken hebst du den Kopf.

Nur ein paar Steinwürfe vor euch schwebt eine nebelhafte, gespenstisch leuchtende Gestalt über dem

Wasser! Die beständig zerfasernden und neu zusammenfließenden Umrisse erinnern entfernt an einen dürren Mann in wallendem Umhang. Bolko stößt ein entsetztes Glucksen aus, als er die Gestalt erblickt – und ein weiteres, als diese sich unvermittelt in Bewegung setzt und mit wild wabernden Nebelarmen auf euch zuschießt!
Du musst rasch entscheiden, was ihr unternehmen wollt: Willst du Bolko zu Boden schubsen und dich neben ihn werfen, um einer Berührung durch das Phantom zu entgehen (weiter bei **155**), oder presst ihr euch stattdessen flach an die Seitenwand des Stollens (**245**)?

99

Vorsichtig spähst du ins Innere jeder einzelnen Zelle. Wie du schon von Weitem gesehen hast, sind sie alle leer, vermutlich wurden die Gefangenen mitgenommen, als das Personal aus den Minen floh. In der vorletzten Zelle entdeckst du ein sonderbares Tier: Es ist ungefähr so groß wie ein Ferkel, aber über und über mit grauer, runzliger Haut bedeckt, sodass es aus der Entfernung fast wie ein Stein aussieht. Unter seinem kugelförmigen Körper sind kräftige Grabeklauen zu erkennen, runde Glupschaugen liegen tief in falti-

gen Höhlen verborgen. »Ein Felsling«, murmelst du überrascht. »Sieht so aus, als hätte einer der Gefangenen bei der Flucht sein Schoßtier hier vergessen.«
Felslinge kommen in gebirgigen Regionen vor und werden wegen ihrer Anspruchslosigkeit (sie ernähren sich von Abfall, Ratten und gelegentlich etwas Kies) gerne von Bergvölkern als Haustiere gehalten. Dieses Exemplar ist an einem Pfosten einer Pritsche festgebunden, über der eine graue Arbeitermontur hängt. Erneut ertönt ein Wimmern, als das geschwächte Tier matt an seiner Leine zerrt.
»Armer kleiner Kerl!« Erstaunlich flink eilt dein Vetter in die Zelle und macht den Felsling los, der zum Dank seine Stirn an Bolkos dickem Bauch reibt. »Quartz«, liest Bolko von einer metallenen Plakette an der Leine ab. »Der kleine Bursche heißt Quartz!«
Du durchsuchst die Montur am Pritschenpfosten, die offenbar von Quartz' Besitzer in großer Eile zurückgelassen wurde. In einer Innentasche findest du ein Stück aufgerolltes Pergament mit einem verästelten Lageplan darauf. Die Anlage der verzeichneten Stollen ist ganz anders als die aller, die ihr bisher durchquert habt; du vermutest, dass es sich um einen alten, lange nicht mehr genutzten Teil des Bergwerks handelt. Vorsichtshalber steckst du die Karte ein (vermerke sie auf deinem **Abenteuerblatt**). *Solltest du auf deinem*

weiteren Weg in den ältesten Trakt der Minen gelangen, wirst du an manchen Stellen diese Karte zurate ziehen können, um dich zu orientieren: Stößt du auf einen Abschnitt, dessen Nummer als Umriss dargestellt ist, brauchst du dich nicht an die dortigen Anweisungen zu halten; ziehe 5 von der jeweiligen Abschnittsnummer ab und lies an der entsprechenden Stelle weiter!

Als ihr den Raum verlasst, folgt euch Quartz hoppelnd bis zu der Kammer mit dem leuchtenden Brunnen, wo er durch einen der Gänge davonhuscht. »Mach's gut, Kleiner«, ruft Bolko ihm hinterher. »Jede Wette, dass du dir jetzt erst mal was Leckeres zu mampfen besorgst …« Du ignorierst seinen sehnsüchtigen Blick und überlegst, ob ihr nun dem gegenüberliegenden

Tunnel (weiter bei **117**) oder dem breiten mit der gewölbten Decke folgen sollt (**207**).

100

»Schade. Das ist richtig!«, grunzt der alte Gobling enttäuscht. Schlagartig verebbt das hämische Gekicher ringsum. Als der Anführer mit einem halbherzigen »Haaa-hah?« auf den Topf mit den Kohlen deutet, schüttelt der Greis den Kopf. »Jeder Gobling weiß, das Rätselspiel ist heilig. Die Götter strafen, wer sich nicht an seine Regeln hält! Wir müssen diese Knilche gehen lassen.«
Nach einem ungläubigen Moment der Stille geschieht, worauf du kaum zu hoffen gewagt hast: Die Goblinge bringen euch zur Tür der Schleiferei und lassen euch frei! Während sie allerlei Schmähungen und Beschimpfungen hinter euch herbrüllen, packst du Bolko, der vor Schreck noch ganz steif ist, und ziehst ihn rasch den Korridor entlang. Weiter bei **63**.

101

Als du Meister Gisy von dem lebensbedrohlichen Parasiten berichtest, nickt er. »Ich habe bereits an deiner undeutlichen Aussprache gemerkt, dass etwas nicht in Ordnung ist. Komm mit!«
Du folgst ihm in die Küche des kleinen Hauses, wo er auf einem alten Eisenofen Wasser zum Kochen bringt. Er gibt eine winzige Menge einer grellgelben Flüssig-

keit hinzu und zieht etwas von der Mischung auf eine Pipette. Dann bittet er dich, den Mund zu öffnen, und träufelt einige Tropfen auf die krebsartige Kreatur auf deine Zunge. Der Schmerz der heißen Flüssigkeit in deinem Mund ist nichts gegen die Qualen, die dir das kleine Tier in den vergangenen Stunden zugefügt hat, und voller Erleichterung spürst du, wie sich die scherenartigen Klauen aus deinem Fleisch lösen! Zappelnd fällt der Zungenbeißer zu Boden, wo ihn Bolko höchst heldenhaft mit dem Stiefelabsatz zertritt. Gisy versorgt deine Zunge mit einer süß schmeckenden Salbe, die Entzündungen vorbeugen und deine Genesung beschleunigen soll. *Du bist geheilt und musst nicht länger in deinem **Abenteuerblatt** die zurückgelegten Abschnitte zählen!* Weiter bei **86**.

102 Mit einem gönnerhaften Nicken schiebt Morphyr dir deinen Gewinn zu. Während Bolko noch mit plumpen Luftsprüngen euren Sieg bejubelt, steckst du deinen Einsatz sowie die beiden zusammengebundenen Kupferscheiben in deinen Rucksack. Dabei stellst du fest, dass in beide Scheiben winzige Zahlen eingraviert sind – 11 in die eine, 44 in die andere. (Vermerke die Scheiben sowie ihr genaues Aussehen auf deinem **Abenteuerblatt**.) Die Luft ist mittlerweile so dick von stinkendem Tabakqualm, dass man kaum noch atmen kann. Willst du dich bei den Zwergen für das Spiel bedanken und die Kammer so schnell wie möglich verlassen (weiter bei **29**), oder reißt du dich zusammen, um von den vieren noch etwas über die unheimlichen Vorgänge in den Minen zu erfahren (**87**)?

103

Als du dich dem Brunnen näherst, bemerkst du mehrere zerbrochene Glasgefäße am Boden. Mit ihren dicken Schraubverschlüssen erinnern sie an Einmachgläser. Im Brunnen selbst entdeckst du einen Vorrat an Phosphorade, jener grünen Leuchtflüssigkeit, die durch die Röhren an der Decke fließt. »Glück gehabt!«, stöhnt Bolko erleichtert und mustert den Brunnen aufmerksam. »Hier können sich die Minenarbeiter wohl mit Leuchtflüssigkeit versorgen, wenn sie mal in einen unbeleuchteten Trakt müssen. Zu blöd, dass die Transportgläser alle kaputt sind.« Versonnen taucht dein Vetter einen Zeigefinger in die Phosphorade. Als er ihn wieder herauszieht, leuchtet er hell wie eine Kerze. Bolko sieht dich an und grinst. »Hey, wir könnten doch unsere Klamotten mit diesem Zeug einschmieren! Dann leuchten sie, und wir hät-

ten keine Probleme, falls es mal irgendwo in diesem Labyrinth keine Leuchtröhren gibt.«
Wenn du zustimmst, eure Kleidung mit Phosphorade zu tränken, vermerke dies auf deinem **Abenteuerblatt**. Anschließend musst du dich entscheiden, ob ihr die Kammer durch den Stollen zur Linken (weiter bei **41**), den zur Rechten (**117**) oder den breiten in der Mitte (**207**) verlassen wollt.

104 Die Stollentrolle haben ihre teuflische Falle so konstruiert, dass der Großteil des herabfallenden Gerölls auf denjenigen niedergeht, der den Mechanismus ausgelöst hat – dich! Zum Glück schützt der stabile Helm auf deinem Kopf dich vor den gefährlichsten Treffern, ohne ihn würdest du jetzt mit zertrümmertem Schädel auf dem Boden liegen! Die wenigen Brocken, die dich an Armen oder Schultern treffen, tun zwar weh, fügen dir aber keinen ernstlichen Schaden zu.
Schon lässt die Steinlawine nach. Bolko, der sich mit einem erstaunlich flinken Sprung rückwärts aus der Gefahrenzone gerettet hat, eilt herbei und mustert dich besorgt. Als ihm klar wird, dass du unverletzt bist, drängt er darauf, die Engstelle zu verlassen. Dahinter verbreitert sich der Tunnel wieder auf normales Maß. Ihr kommt an einer glänzenden Stahltür vorbei,

die jedoch auf dieser Seite weder Knauf noch Klinke besitzt, also marschiert ihr weiter nach **9**.

105 Kurze Zeit später öffnet sich der Stollen in eine weitläufige Höhle. Im Licht etlicher dicker Glimmeritbrocken in der Decke erkennt ihr ein weit verzweigtes Netz stählerner Gleise, auf dem einsame Bergwerksloren herumstehen. Es gibt einen klobigen Lagerschuppen, dahinter mehrere hohe Verladekräne aus Holz. Weiter entfernt, in der hinteren Hälfte, bricht sich der Schein des Leuchtgesteins funkelnd in einem breiten Wasserband – ein Fluss, der quer durch das Gewölbe rauscht. »Sieht wie ein Verladebahnhof für das geförderte Silber aus«, murmelst du.
»Wie verlassen alles wirkt …« Bolko sieht sich nervös um. »Irgendwie *geisterhaft*, findest du nicht auch?«
Bevor du etwas erwidern kannst, vernimmst du ganz in der Nähe ein Geräusch. Offenbar ist eure Ankunft nicht unbemerkt geblieben! Weiter bei **147**.

106 Undeutlich beleuchten die eingetrockneten Phosphoradereste in der Bodenrinne einen mächtigen, von dicken Holzbalken gestützten Torbogen in der rechten Wand des Tunnels. Zwischen den Pfosten klafft jedoch zur Abwechslung keine Tunnelöffnung, stattdessen ragt dort eine Wand aus eckigen Backsteinen empor. Sie scheint einst grau verputzt gewesen zu sein, um sie dem Erscheinungsbild des umgebenden Stollens anzupassen; im Lauf von Jahren – vielleicht Jahrhunderten? – ist jedoch ein Großteil des Putzes abgeplatzt und zu Boden gerieselt. Als du probehalber gegen einen der Mauersteine klopfst, zerbröselt er unter deinen Fingern. »Porös wie alter Lebkuchen«, stellt Bolko mit feuchten Lippen fest. »Diese Mauer brauchst du bloß mal scharf anzusehen, dann fällt sie in sich zusammen.«
In diesem Moment dringt ein gedämpfter, klagender Laut an eure Ohren. Er ähnelt dem Geisterheulen, das ihr bereits zuvor vernommen habt, diesmal klingt es allerdings weniger angriffslustig als vielmehr traurig und schmerzerfüllt. Wer oder was auch immer das Geräusch verursacht – er scheint sich eindeutig auf der anderen Seite der Ziegelwand zu befinden!
»Ähh … vielleicht sollten wir die Mauer dann doch besser nicht allzu scharf ansehen!« Bolko weicht einen Schritt zurück und deutet geradeaus. »Spürst du

das auch? Aus dieser Richtung weht ein kühles Lüftchen. Ich würde meine letzte Butterstulle hergeben für ein bisschen frische Luft. Wenn ich bloß noch eine hätte!«

Möchtest du die alte Mauer einreißen und sehen, was dahinterliegt (weiter bei **227**)? Oder reizt dich die Aussicht auf frische Luft und Tageslicht mehr, sodass du lieber dem Tunnel folgen möchtest (**88**)? Verfügst du über das Talent *Vorahnung*, weiter bei **127**.

107 Einen Sekundenbruchteil, bevor er über die Kante ins eisige Wasser stürzt, erwischst du Bolko am Gürtel und reißt ihn zurück. Weiter bei **155**.

108 Der Stollen fällt mehr und mehr ab, bis er steil nach unten führt. Nach einer Weile hast du den Eindruck, etliche hundert Meter tief unter dem Erdboden zu sein. Plötzlich dringt ein eigenartiges, geisterhaftes Wimmern an dein Ohr, das sich rasch zu seinem hohen Kreischen emporschraubt – und es scheint direkt aus dem Fels unterhalb eurer Füße zu dringen! Schon erbebt der Boden, Staub und Stcinbrockcn ricscln von dcr Dcckc hcrab. »Dic Gcister bringen den Tunnel zum Einsturz!«, stößt du hervor und rennst los, um den gefährdeten Abschnitt des Gangs hinter dir zu lassen. **Befrag das Schicksal:** Erhältst du ᛟ, ᚼ, ᚠ oder ᛋ, weiter bei **200**, bei einer anderen Rune weiter bei **148**.

109 Hinter der Tür liegt ein kleines Zimmer, dessen einzige Einrichtung aus einem wackligen Sekretär, einem Stuhl, einem großen Wandspiegel und mehreren Aktenschränken besteht. Alles ist von einer dicken Staubschicht überzogen, und bei eurem Eintreten wuseln Horden von Asseln und anderem Ungeziefer erschrocken über den schmutzigen Boden davon. »Pfui Deibel«, grunzt Bolko und deutet auf eine große Schiebetür in der Wand hinter dem Sekretär. »Lass uns abhauen, hier ist's eklig.« Stimmst du zu, die Schiebetür zu öffnen (weiter bei **187**), oder möchtest du diesen Raum vorher durchsuchen, Schmutz und Getier zum Trotz (**177**)?

110 Es dauert nicht lange, da erreicht ihr zwei Abzweigungen, eine in der rechten, eine in der linken Wand des Tunnels. Beide führen in niedrige, roh behauene Förderschächte, die von kaum fingerdicken Phosphoraderöhren an der Decke in ein trübes Zwielicht getaucht werden. Als du vorschlägst, diese

Seitenarme einer genaueren Untersuchung zu unterziehen, ist Bolko dagegen: »Du glaubst doch nicht im Ernst, dass sich der Ursprung der Spukerei in so einem armseligen Loch finden lässt?«

Möchtest du die Stollen dennoch in Augenschein nehmen, kannst du in den linken (weiter bei **212**) oder in den rechten (**199**) eindringen. Lässt du dich dagegen von Bolko überzeugen, dem Haupttunnel in die Tiefe zu folgen, weiter bei **70**.

111

Ihr verharrt eng an die Wand gepresst, bis das Leuchten nicht mehr zu sehen und das abscheuliche Geheul in der Ferne verklungen ist. Dann sackt Bolko mit einem Geräusch, das an einen altersschwachen Blasebalg erinnert, in sich zusammen. »Verflixt noch mal! Hätte mir nicht einer sagen können, dass es hier unten *Gespenster* gibt? Dann hätte ich mich nie auf diesen Auftrag eingelassen!« Du verzichtest darauf, deinen Vetter daran zu erinnern, dass euch dies sehr wohl jemand vorher gesagt hat, und setzt dich wachsam wieder in Bewegung. Ein Stück weiter erreicht ihr erneut zwei Abzweigungen, eine auf jeder Gangseite. Als du stehen bleibst, um sie zu untersuchen, drängt sich Bolko von hinten gegen dich. »Nicht anhalten«, zischt er ängstlich. »Wir müssen die Entfernung zwischen uns und diesem ... diesem *Ding* vergrößern!« Stimmst du zu, geradeaus weiterzugehen (weiter bei **105**), oder möchtest du zunächst den rechten (**17**) oder den linken (**22**) Seitentunnel erforschen?

112

Besorgt stellst du fest, wie müde und abgekämpft dein Gesicht im Spiegel aussieht. *Höchste Zeit, dass wir die Ursache des Spuks finden, ihm ein Ende bereiten und dieses finstere Loch wieder verlassen*, denkst du bei dir. Rasch untersuchst du die Laden des Aktenschranks. Außer einem Haufen Papiere, die unter deiner Berührung zu Staub zerfallen, findest du nur einen kleinen, fein geschmiedeten Silberschlüssel, den du mitnimmst. (Vermerke ihn auf deinem **Abenteuerblatt**.) Dann kehrst du zu Bolko zurück, der bei der Schiebetür auf dich gewartet hat, und öffnest diese. Weiter bei **187**.

113

Aufgeregt an ihren Pfeifen paffend verfolgen die Zwerge den Verlauf des Würfelduells. Als Morphyrs Würfel zum neunten und letzten Mal auf die Tischplatte klappert und erneut einen höheren Zahlenwert als Bolkos zeigt, stößt der Zwerg ein triumphierendes Schnauben aus. »Ha! Sieht so aus, als sei das Glück dir heute nicht hold, Fremder. Ich habe mehr hohe Würfe erzielt als du!« Weiter bei **233**.

114 Der Tunnel weitet sich zu einer Höhle, die an der Stirnseite von einer hohen, schlingpflanzenüberwucherten Backsteinwand begrenzt wird. An deren oberem Rand, ein halbes Dutzend Meter über dem Boden, verläuft ein Sims, der zwei hoch in der linken und rechten Höhlenwand gelegene Tunnelöffnungen miteinander verbindet. Du überlegst gerade, was ihr unternehmen wollt, als plötzlich aus einem weiteren Gang, der neben euch in die Höhle mündet, trampelnde Schritte ertönen. Mehrere Wesen scheinen sich aus dieser Richtung im Laufschritt zu nähern – und ihrem tiefen Grunzen nach zu schließen, handelt es sich weder um Menschen noch um Zwerge!
Du willst nicht in dieselbe Richtung zurücklaufen, aus der ihr gekommen seid, daher müsst ihr wohl oder übel die efeubedeckte Mauer hinaufklettern. Willst du

zu diesem Zweck ein Seil zu Hilfe nehmen (falls du eines hast), weiter bei **234**. Besitzt du keines, müsst ihr euch an den Ranken der Schlingpflanzen emporhangeln (weiter bei **67**). Verfügst du über das Talent *Klettern*, weiter bei **234**.

115 Arglos läuft Bolko los, trampelt über die bunten Fliesen hinweg, ohne sich darum zu scheren, welche Farben er betritt und welche nicht. Mit einer Beunruhigung, die du selbst nicht recht verstehst, beobachtest du, wie er zuerst auf eine gelbe tritt, dann auf eine grüne. Nichts passiert. Du willst schon aufatmen und ihm ans andere Ende des Raums folgen, da berührt er mit seinem schweren Wanderstiefel eine rote Fliese. Im selben Augenblick steigt mit lautem Zischen gelblicher Nebel aus den Ritzen zwischen den Sechsecken auf! Im Handumdrehen füllen die Schwaden den ganzen Raum, und ohne dass du es verhindern kannst, gerät dir etwas davon in die Lungen. Du hustest und würgst, Sterne blitzen vor deinen Augen auf. Das Letzte, was du siehst, bevor du zu Boden stürzt, ist dein Vetter Bolko, der der Länge nach hingestreckt auf dem bunten Mosaik liegt und nach Luft schnappt wie ein Fisch auf dem Trockenen. Dann wird es dunkel um dich herum. Dein Abenteuer ist zu Ende.

116 Ihr seid noch nicht lange gelaufen, als der Gang in eine Höhle mündet, noch gewaltiger als die vorherige. Hoch wie eine Kathedrale wölbt sich ein von Tropfsteinen starrendes Dach über euren Köpfen, ein runder Schacht, fast so groß wie die Höhle selbst, gähnt vor euren Füßen im Boden. Entlang der senkrecht abfallenden Wände dieser Grube sind Hunderte von hölzernen Steigen, Plattformen und Leitern befestigt, die ebenso viele in den Fels gehauene Stollenöffnungen verbinden. Ganz klar: Ihr habt das Herz der Silberförderanlagen von Gnarling erreicht!
In der Mitte des Schachts ragt ein mächtiger Steinpfeiler aus den Tiefen empor, auf dem ein spitzgiebeliges Häuschen thront. Das kleine Gebäude ist vollständig von einer riesigen, bunt schillernden Blase umgeben. Dir ist sofort klar, dass ihr ein magisches Phänomen vor euch habt.
»Juchhu, im Innern brennt Licht!«, ruft Bolko und deutet zu den Fenstern des Häuschens hinüber. »Und aus dem Kamin kommt Rauch!« Tatsächlich steigt über dem Dach eine dünne Qualmspirale in die Höhe, um sich als wattige graue Schicht im oberen Drittel der Blase zu sammeln.
»Möglicherweise handelt es sich um den Sitz der Minenverwaltung«, überlegst du laut. »Das Licht und der Rauch könnten darauf hindeuten, dass doch

noch nicht alle Zwerge aus den Minen geflohen sind …«

»Prima«, schreit Bolko. »Wir sind im Auftrag ihres Königs unterwegs – die müssen uns mit Speis und Trank unterstützen!«

Kopfschüttelnd deutest du auf die klaffende Grube, die euch von dem Steinpfeiler trennt. »Dann verrat mir mal, wie wir dort hinüber-«

Als hätte jemand deinen Worten gelauscht, tut sich in diesem Augenblick eine Öffnung in der regenbogenfarbenen Blase auf! Ein steinerner Steg, kaum breit genug zum Hinübergehen, schiebt sich aus der Felsnadel hervor und überbrückt unter ohrenbetäubendem Knirschen die bodenlose Leere. Als er krachend in eine Vertiefung vor euren Füßen einrastet, ertönt über euch plötzlich ein schrilles, geisterhaftes Heulen. Ihr reißt die Köpfe in die Höhe und seht mit schreckgeweiteten Augen, dass ein halbes Dutzend nebelhafter Gestalten im Sturzflug von der Höhlendecke herabschießt. Wie Geier stoßen die wabernden Schemen auf das kleine Haus zu, prallen jedoch von der schillernden Blase ab, ohne sie zu durchdringen.

»Rasch! Kommt herüber, solange sie die Öffnung in der Schutzhülle nicht entdeckt haben!« Am anderen Ende des Stegs ist ein kleiner, glatzköpfiger Zwerg in einem grauen Wams aufgetaucht, der euch wild

zuwinkt. Kurz zögerst du – die Brücke ist verflixt schmal und hat kein Geländer –, doch als sich die Geisterwesen in der Höhe kreischend zu einem neuen Angriff formieren, reißt du dich zusammen und rennst los. Bolko zieht den Kopf ein und folgt dir erstaunlich geschwind, und wenige Augenblicke später steht ihr neben dem Zwerg auf der anderen Seite. Sofort lässt er den Steg einfahren und schließt die Lücke in der magischen Blase – im allerletzten Moment! Weiter bei **135**.

117 Nach einer Weile zweigt linker Hand ein schmaler Gang ab, während der Korridor geradeaus im Maul eines riesigen, in den Fels gemeißelten Totenschädels verschwindet. »Das verheißt nix Gutes«, flüstert Bolko beklommen. »Da geht's bestimmt zu einer lebensbedrohlichen Gefahr!«
Du bezweifelst, dass die Zwerge auf eine Bedrohung – sofern es innerhalb ihres Bergwerks eine gab – mit einer derart aufwändigen Steinmetzarbeit hinweisen würden anstatt mit deutlichen Warnschildern. Folglich überlegst du, ob ihr nicht doch geradeaus weitergehen solltet (weiter bei **203**). Wenn du lieber die Abzweigung wählst, weiter bei **61**.

118 Bolkos ängstliches Zupfen und Ziehen ignorierend, inspizierst du das Schloss der Tür. Es sieht robust aus, scheint jedoch einen eher simplen Schließmechanismus zu haben. Auch das Schlüsselloch ist recht groß. Du zückst deinen Dolch und beginnst vorsichtig, im Innern des Schlosses herumzustochern … **Befrag das Schicksal**: Erhältst du ᛝ, ᛦ, ᚠ, ᛇ, ᛖ, ᛟ oder ᚦ, weiter bei **215**, bei einer anderen Rune weiter bei **7**.

119 Du öffnest die Tür und betrittst einen großen Raum, der mit langen Arbeitstischen und Werkbänken vollgestellt ist. Die meisten sind mit runden Steinscheiben ausgestattet, die mit einem Pedal in Drehung versetzt werden können – Schleifsteine. Das also hatte das Symbol über der Tür zu bedeuten! Im Hintergrund erkennst du Vitrinen voll wunderschön geschliffener Kristalle in allen Regenbogenfarben, und dir wird klar, dass dies eine Edelsteinschleiferei sein muss. Hier werden die Kristalle, die die Zwerge neben dem Silber aus dem Berg holen, bearbeitet und in eine schöne Form gebracht, damit die Händler des Königs sie verkaufen können.
Du bist so in die Betrachtung der Werkstatt versunken, dass dir erst auffällt, dass ihr nicht allein seid, als es bereits zu spät ist! Mit lautem Geschrei springen ins-

gesamt zehn hagere Gestalten hinter den Schleifbänken hervor, packen Bolko und zerren euch in die Mitte des Raumes. Sie haben grün-braune Haut und sind in dreckige Lumpen gekleidet. *Goblinge,* schießt es dir durch den Kopf. Im gleichen Moment bemerkst du die eisernen Ringe mit den aufgesägten Kettengliedern an ihren Fußgelenken, und du begreifst: Diese hinterhältigen Halbwesen müssen einst in der Schleiferei Strafarbeit verrichtet haben. Wahrscheinlich wurden sie am Hofe König Margolix' für irgendwelche Verbrechen zur Arbeit in den Minen verurteilt. Im Zuge der großen Flucht muss man sie dann hier vergessen haben. Zu deinem und Bolkos Pech haben sich die Gefangenen jetzt aus eigener Kraft befreit. Du ahnst, dass ihr ohnehin boshaftes Wesen durch die lange Gefangenschaft nicht unbedingt sanfter geworden ist …

»Haaa-hah!«, gackert der Größte der Bande, offensichtlich ihr Anführer. »Ihr seid zwar keine Zwerge – auf Zwerge haben wir nämlich eine Stinkwut! –, aber wir werden auch so eine Menge Spaß mit euch haben. Haaa-hah!« Sofort fallen die umstehenden Goblinge in sein Gelächter ein. Zwei eilen in einen Nebenraum und kehren mit einem dampfenden Topf zurück. Angstschweiß tritt auf deine Stirn, als du siehst, dass der Behälter mit glühenden Kohlen gefüllt ist, in denen grellrote Zangen und Brandeisen stecken!

»Bitte, gute Goblinge!«, ruft Bolko schrill. »Ich flehe euch an, tut nichts Unüberlegtes! Wir, ähh ... mein Vetter und ich, wir bekleiden eine hohe Stellung am Hofe des Zwergenkönigs! Wenn ihr uns verschont, können wir euch Straffreiheit, Vergünstigungen und großen Reichtum verschaffen!« Du hältst den Atem an, als du Bolko so plump bluffen hörst – und natürlich geht sein Trick gründlich in die Hose.

»Haaa-*hah!*« Die Augen im Gesicht des Gobling-Anführers funkeln tückisch. »Freunde des grässlichen Margolix, der uns hierher verbannt hat, wie?« Er reibt sich die grünen Finger. »Es wird mir eine besondere Freude sein, zwei Freunden des Königs all das heimzuzahlen, was er uns angetan hat!« Er hält inne und zwinkert seinen Kumpanen verschwörerisch zu. »Trotz allem wollen wir euch eine faire Chance lassen. Wir stellen euch eine Rätselfrage. Wir Goblinge *lieben* Rätselfragen! Beantwortet ihr sie korrekt, lassen wir euch gehen. Beantwortet ihr sie dagegen falsch oder gar nicht ...«, wieder zwinkert er in die Runde, worauf die umstehenden Goblinge in lautes Prusten ausbrechen, »haben wir *Spaß* mit euch! Haaa-hah! Was sagt ihr?« Bolko sieht dich flehend an. Willst du der Rätselfrage zustimmen (weiter bei **238**)? Oder lehnst ab in der Hoffnung, euren Kopf auf andere Weise aus der Schlinge ziehen zu können (**195**)?

120 Nach einer Weile erreicht ihr eine Passage des Ganges, deren Decke teilweise eingestürzt ist. Kantige Felsbrocken liegen kreuz und quer auf dem Boden, bedeckt von einer mehligen Staubschicht. »Heiliger Gugelhupf! Hier ist aber schon lange keiner mehr durchgekommen.« Ungeschickt klettert Bolko über das Geröll hinweg. »Wie das hier aussieht!« Auf der anderen Seite des baufälligen Abschnitts stoßt ihr auf eine massive Tür, an der ein dunkel angelaufenes Messingschild voller Zwergenrunen prangt. Verfügst du über das Talent *Schriftenkunde*, weiter bei **240**. Hast du diese besondere Gabe nicht, kannst du die Beschriftung der Tür nicht entziffern. Du hast lediglich die Wahl, die Tür entweder zu öffnen (**109**) oder kehrtzumachen und den Weg, den ihr gekommen seid, zurückzugehen (**94**).

121 Deine besondere Fähigkeit lässt dich die Laute, die du soeben gehört hast, sogleich erkennen: Sie stammen mit hoher Wahrscheinlichkeit von Maden – allerdings waren sie dafür viel zu laut! Ein Schauder rinnt deinen Rücken hinab, als du dich daran erinnerst, was König Margolix über die riesigen Felsmaden berichtet hat, die angeblich in das Stollensystem eingedrungen sind … Rasch packst du deinen Vetter beim Kragen, drehst ihn um und kehrst mit ihm zur letzten Abzweigung zurück, wo ihr in die Wandöffnung mit dem unleserlichen Schild einbiegt. Weiter bei **137**.

122 »Hab doch gewusst, dass es mal für was gut sein würde!«, ereifert sich Bolko und deutet auf eure von leuchtenden Spritzern überzogene Kleidung. Der grüne Schein der Phosphorade umgibt euch wie ein glühender Kegel von mehreren Metern Durchmesser, sodass ihr dem finsteren Tunnel folgen könnt, ohne euer Tempo verlangsamen zu müssen. Ihr passiert eine große, runde Öffnung in der rechten Wand, und für einen kurzen Moment vernimmst du ein verdächtiges Rascheln, als bewege sich etwas Lebendiges in den Tiefen dieses Loches. Aber was immer im Innern haust, es scheint das Licht, das von eurer Kleidung ausgeht, nicht zu mögen. Kein Lebewesen streckt seine Nase heraus. Ihr folgt dem Stollen um eine Linkskurve, und bald erreicht ihr einen Bereich, in dem die Leuchtröhren an der Decke wieder intakt sind. Weiter bei **134**.

123 Alarmiert kneifst du die Augen zusammen – was ist das dort vor euch? Eine leuchtende, nebelartige Masse quillt kaum einen Steinwurf entfernt aus der Stollendecke, so als schwitze das Gestein einen gewaltigen Schleimklumpen aus! Die Erscheinung wächst, bis sie ungefähr die Größe eines Menschen erreicht hat, dann löst sie sich von der Decke. Für einen kurzen Augenblick glaubst du, einen in wallende Gewänder gehüllten, schlanken Mann mit auffallend spitzen Ohren in dem umherwabernden Schemen zu erkennen – dann schießt der Geist unter ohrenbetäubendem Heulen durch den engen Gang direkt auf euch zu! **Befrag das Schicksal!** Erhältst du als Ergebnis

ᛦ, ᛋ, ᚢ oder ᚠ:

Gerade noch rechtzeitig wirfst du dich flach auf den Boden, und Bolko macht es dir nach. Ein Kälteschauer zieht über deinen Rücken, als der Geist über euch hinwegschwebt, und du hältst ängstlich den Atem an … Doch da entfernt sich das Geheul bereits durch den Gang hinter euch.

Nach einigen bangen Atemzügen wagst du es, den Kopf wieder zu heben – der Geist ist fort, euch ist nichts geschehen!

ᛇ, ᛡ, ᚦ oder ᛝ:

Starr vor Angst siehst du das Phantom auf dich zurasen. Erst als Bolko, der sich bereits auf den Boden geworfen und wie ein Gürteltier zusammengerollt hat, dich am Bein zupft, erwachst du aus deiner Starre und lässt dich ebenfalls fallen – im allerletzten Moment: Kaum eine Handbreit über deinem Scheitel zischt der Geist vorüber! Erleichtert atmest du auf, als sich sein Geheul hinter euch in der Ferne verliert. (Was du erst später bemerken wirst: Bei deinem hektischen Ausweichmanöver ist ein Gegenstand aus deinem Rucksack gefallen und im Schatten des Ganges liegen geblieben. Streiche einen Gegenstand von den bisher gefundenen von deinem **Abenteuerblatt**.)

ᛟ oder ●:

Als die unheimliche Nebelgestalt heransaust, wirfst du dich instinktiv zu Boden und drückst dich fest auf den kalten Stein in der Hoffnung, dass sie über dich hinwegschweben wird. Bolko zögert – einen Augenblick zu lange! Als das Phantom vorüberzischt, streift es deinen Vetter mit einem umherwabernden Nebelarm! Er stößt einen gurgelnden Schrei aus, dann wird sein Gesicht mit einem Mal ganz grau. Während der Geist heulend im Gang hinter euch verschwindet, schlägst du Bolko verzweifelt auf die Wange, doch er ist nicht mehr ansprechbar. Offenbar hat er bei der eisigen Berührung einen Herzanfall erlitten – wenn er überleben soll, musst du ihn so schnell wie möglich in die Hände kundiger Heiler verfrachten! Verzweifelt hängst du dir einen seiner kraftlosen Arme über die Schulter und beginnst, ihn zurück in Richtung des Großen Südtors zu schleppen. Ob ihr dort je ankommt und ob deinem Vetter noch geholfen werden kann, das ist eine andere Geschichte. Dein Abenteuer in den Zwergenminen endet hier!

Falls ihr diesen Zwischenfall unversehrt überstanden habt, kehre zu dem Abschnitt zurück, von dem du kommst, und setze deinen Weg dort fort!

124 Wenig später erreicht ihr das Ende des Korridors, das von einer hohen Tür aus Eichenholz mit kunstvollen silbernen Intarsien gebildet wird. Du willst gerade die Hand nach der Klinke ausstrecken, als jenseits der Tür erneut das fürchterliche

Brüllen ertönt, das ihr bereits von Weitem vernommen habt. Obwohl sich eine dicke Lage Holz zwischen euch und seinem Verursacher befindet, ist die Lautstärke beträchtlich – es muss sich um ein wahres Monstrum handeln! (Solltest du über das Talent *Tiersprache* verfügen, stellst du beunruhigt fest, dass du die unheimlichen Laute dennoch nicht verstehen kannst.) Bolko, mit einem Mal bleich wie eine gekalkte Wand, bedeutet dir, umzudrehen und zur letzten Kreuzung zurückzukehren. Stimmst du zu (weiter bei **163**), oder ignorierst du deinen Vetter und öffnest todesmutig die Tür (**10**)?

125 Nach ein paar Dutzend Metern endet der Gang unvermittelt an einer massiven Wand. Auf beiden Seiten dieser Sackgasse gibt es jedoch je eine kleine, massive Tür. In den Fels über der linken ist ein Symbol eingemeißelt, das an ein Ausrufezeichen erinnert. »Steht bestimmt für ›Gefahr‹«, unkt Bolko sofort.
Möchtest du dir diese Tür genauer ansehen, weiter bei **24**. Willst du lieber die unbeschriftete Tür auf der anderen Gangseite öffnen, weiter bei **12**. Interessierst du dich für keine der beiden Türen, kannst du auch zur T-Kreuzung zurückkehren und dort die andere Richtung einschlagen (weiter bei **83**).

126 Ein unbestimmtes Gefühl sagt dir, dass sich auf dem Weg hinter der Stollenöffnung zahlreiche Gefahren verbergen. Beim Gedanken an die Westtür dagegen kannst du merklich freier atmen – ein gutes Zeichen, wie du findest. Du beschließt, mit Bolko zum Seiteneingang an der Westflanke des Berges zu marschieren. Weiter bei **95**.

127 Deine Gabe spricht unmissverständlich zu dir: Hinter dieser Wand liegt der Schauplatz einer schrecklichen Tragödie. Außerdem bist du dir ganz sicher, dass ihr dem Ursprung der geisterhaften Geschehnisse in den Minen dicht auf der Spur seid! Ohne zu zögern oder auf Bolkos Proteste zu achten, machst du dich daran, die brüchigen Backsteine abzutragen. Weiter bei **227**.

128 Nach einer Weile knickt der Tunnel scharf nach links ab. Unmittelbar hinter der Ecke verengt er sich bis auf eine knappe Elle. Entscheide, wer von euch die Engstelle als Erstes passieren soll, Bolko oder du. Notiere eure Reihenfolge auf deinem **Abenteuerblatt**, dann lies weiter bei **194**.

129 **Befrag das Schicksal:** Erhältst du ᛇ, •, ᛖ oder ᛟ, weiter bei **165**, ist das Ergebnis eine andere Rune, weiter bei **221**.

130 »Pfffth! Kannste allein reingehen«, mault Bolko, als du dich der Tür näherst. »Ich bleibe draußen und erfreue mich an den köstlichen Düften.«
Die Tür ist unverschlossen. Dahinter liegt ein großer Raum, der mit zwanzig oder dreißig rechteckigen Möbelstücken gefüllt ist – Betten, soweit du es im hereinfallenden Schein der Leuchtröhre erkennen kannst. Langsam, um deinen Augen Zeit zu lassen, sich an die dürftigen Lichtverhältnisse zu gewöhnen, gehst du weiter. Du bist etwa bis zur Mitte des Raumes vorgedrungen, als du plötzlich merkst, dass du nicht allein bist! Nur wenige Meter entfernt ragt hinter einem der Betten ein zottiger Schatten in die Höhe, gut doppelt so groß wie ein erwachsener Mann! Mit ungeduldigen Bewegungen durchwühlt er das Bettzeug, du hörst Stoff zerreißen, abgerissene Knöpfe prasseln zu Boden. Ein raubtierartiger Gestank steigt dir in die Nase, und da endlich begreifst du: *ein Stollentroll!* König Margolix hatte euch extra gewarnt, dass Horden dieser brutalen und angriffslustigen Kreaturen die leer stehenden Teile des Bergwerks unsicher machen – und

nun bist du mit einer von ihnen im selben Raum! Bisher scheint der Troll dich noch nicht bemerkt zu haben, aber nun dreht er sich herum, um ein weiteres Bett zu durchwühlen. Verfügst du über das Talent *Verbergen*, weiter bei **75**. Besitzt du diese Gabe nicht, weiter bei **18**.

131 Du holst tief Luft und versuchst mannhaft, weiter nach oben zu klettern. Doch immer und immer wieder bohren sich die nadelspitzen grünen Zähnchen des Beißefeus in deine Haut, und rasch spürst du, wie das betäubende Gift, das die Pflanze bei jedem Biss abgibt, zu wirken beginnt: Deine Muskeln werden weich, bis sie sich anfühlen, als bestünden sie aus Pudding. Sekunden später kannst du dich nicht mehr halten und stürzt rückwärts von der Mauer! Zwar landest du relativ glimpflich auf deinem Hinterteil, doch da tauchen bereits die riesigen Gestalten der Stollentrolle neben dir auf. Hämisch grinsend heben sie ihre zentnerschweren, mit Steinsplittern gespickten Keulen ... Dein Abenteuer endet hier.

132 Die Tür ist unverschlossen. Mit einem steinerweichenden Quietschen schwingt sie auf und gibt den Blick frei auf einen kleinen, quadratischen Raum. Er birgt nichts außer einem Tisch

mit vier Stühlen, einem leeren Schwertgestell an der linken Wand und mehreren schmalen Spinden. »Mist«, murmelt Bolko enttäuscht. »Nix zu futtern, nur eine öde Wachstube!«
Tatsächlich scheint es sich um einen Aufenthaltsraum für Pförtner oder Aufseher zu handeln, dessen Besatzung längst vor dem Minenspuk kapituliert hat. Die Spinde sind leer, nur auf dem Tisch zeugt ein aus Leder gefertigter Würfelbecher davon, dass sich hier einmal Zwerge aufgehalten haben. (Wenn du den Becher mitnehmen möchtest, vermerke ihn auf deinem **Abenteuerblatt**.) Achselzuckend verlasst ihr die Kammer. Weiter bei **73**.

133

Der Tunnel ist nicht mehr als ein roh behauener Förderschacht mit niedriger Decke. Er endet schon bald an einer zerklüfteten Felswand, vor der haufenweise abgetragenes Geröll liegt – und etwas anderes! »D-D-Da sind die Knochen von jemand«, stößt Bolko bibbernd hervor und deutet auf zwei weißlich schimmernde Gerippe, die zwischen den Felsbrocken hervorragen. »Diese armen Teufel mussten hier schuften, bis sie vor Entkräftung gestorben sind!«
»Ich fürchte, die Schufterei war in diesem Fall nicht das einzige Verbrechen«, murmelst du, lässt dich in

die Hocke sinken und untersuchst die Knochen genauer. Dein erster Eindruck bestätigt sich: Was zunächst wie gewöhnliche Zwergenskelette gewirkt hat, erweist sich nun als Überbleibsel zweier bemitleidenswerter Mutantengeschöpfe: Ihre Schädel haben keinerlei Augenhöhlen, an den Unterarmen sitzen statt Händen mächtige, verhornte Klauen – wie Pickel zum Steineklopfen! »Ich fürchte, dies waren künstlich geschaffene Kreaturen, nur gezüchtet für die Plackerei in ewiger Finsternis«, flüsterst du tonlos. Mit grimmigen Gesichtern kehrt ihr zur letzten Kreuzung zurück und folgt dem Gang nach links. Weiter bei **81**.

134

Auf der rechten Seite des Tunnels taucht der Umriss eines hohen, spitz zulaufenden Torbogens auf, der vor langer Zeit einmal mit Brettern vernagelt worden ist. Im Laufe der Jahre ist das Holz vermodert, nur noch splittrige Bruchstücke liegen vor der Wandöffnung verstreut. »Sieht aus, als ginge es da in einen alten, nicht mehr genutzten Bereich«, vermutest du und spähst durch staubbedeckte Spinnwebschleier auf die andere Seite. Aus dem dahinterliegenden, von Schutt und Unrat gesäumten Tunnel hallt plötzlich ein fernes Heulen heran, das du nur zu gut kennst! Mit einem ängstlichen Satz verschwindet Bolko hinter deinem Rücken. Willst du diesen Gang betreten (weiter bei **52**), oder ziehst du es vor, dem bisherigen Korridor zu folgen (**185**)?

135

Kreischend kracht eine der Nebelgestalten gegen die Außenseite der Schutzblase, kaum eine Armeslänge von dir entfernt! Für einen Sekundenbruchteil klebt ein schmales Gesicht mit spitzem Kinn und noch spitzeren Ohren an dem magischen Wall, dann zerfließt die Erscheinung wie Farbe auf einer Leinwand und rutscht abwärts. Dabei löst sie sich in schlängelnde Dunstbahnen auf, die sogleich wieder zur Höhlendecke emporschweben, um sich mit den anderen erneut zum Angriff zu sammeln.

»Keine Angst! Im Innern der Schutzhülle sind wir sicher«, beruhigt dich der Zwerg und geleitet euch ins Innere des Hauses. In einem Büro mit hohen Aktenschränken bietet er euch zwei gemütliche Lehnstühle an. »Ich bin Meister Gisy, königlicher Schürfdirektor Ihrer Majestät, König Margolix«, stellt er sich vor und gießt euch zwei Tassen Tee aus einer dampfenden Kanne ein. »Darüber hinaus bin ich wahrscheinlich der einzige Minenbeamte, der es bis jetzt im Innern dieses verfluchten Bergwerks ausgehalten hat«, fügt er seufzend hinzu.

Bolko nickt eifrig. »Ob es in diesem verfluchten Bergwerk wohl auch ein bisschen Kuchen gibt?« Du trittst deinem Vetter heftig gegen das Schienbein, aber da hat Meister Gisy sich bereits erhoben und aus einem Nebenzimmer einen Teller mit trockenem Marmorkuchen geholt, über den sich Bolko wie ein Verhungernder hermacht.

»Was waren das da draußen für Geschöpfe?«, willst du wissen, nachdem du dich und deinen Vetter vorgestellt und den Schürfdirektor in eure Mission eingeweiht hast. »Und wieso habt ihr genau im richtigen Moment den Schutzwall für uns geöffnet? Ihr konntet doch nicht wissen, dass wir kommen, oder?«

»Ich ahnte, dass König Margolix jemanden schicken würde, um diesem Spuk ein Ende zu setzen. Seit Tagen schon hielt ich deshalb Ausschau.« Meister Gisy deutet auf ein Regal mit dicken, ledergebundenen Büchern, die geheimnisvolle Runen und Schriftzeichen auf dem Rücken tragen. »Ich beschäftige mich seit meiner Jugend mit Zauberei und Magie – ein Hobby, das mir jetzt das Leben gerettet hat!« Sein Blick schweift durch ein Fenster nach draußen, wo sich die heulenden Nebelgestalten noch immer an der undurchdringlichen Blase abmühen. »Als die ersten Bergarbeiter Berichte über geisterhafte Erscheinungen aus jenen Trakten mitbrachten, die an die ältesten Stollen dieses Bergwerks grenzen, ahnte ich, dass etwas Grässliches im Begriff war, sich dort zusammenzubrauen. Glücklicherweise blieb mir genug Zeit, einen Schutzzauber herauszusuchen und mein Haus vor dem Eindringen der Geisterwesen zu schützen. Seitdem sitze ich hier fest.«

»Aber waff ffind daff für Kerle?«, fragt Bolko mit vollem Mund.

Der Schürfdirektor seufzt. »Nach allem, was ich von den Arbeitern über die unheimlichen Vorgänge gehört habe, bin ich zu dem Schluss gekommen, dass es sich bei den Erscheinungen um verdammte Seelen handelt, die im Jenseits keine Ruhe finden. In einem solchen, überaus seltenen Fall können die Geister von Toten in die Welt der Lebenden zurückkehren.«

»Aber welchen Grund könnte es dafür geben?«, erkundigst du dich und nippst an deinem Tee. »Was steckt dahinter?«

Meister Gisy zuckt die Achseln. »Wenn ich das nur wüsste! Ich vermute, dass es etwas mit der Vergangenheit der Minen zu tun hat. Ein nie gerächtes Unrecht, eine ungesühnte Schuld, etwas in dieser Art. Es mag lange zurückliegen, Jahrhunderte möglicherweise, und erst die Konstellation der Sterne um den letzten Neumond herum brachte den Stein wieder ins Rollen.«

Du grübelst eine Weile über das Gehörte nach, während Bolko neben dir schmatzend Marmorkuchen vertilgt. Meister Gisy scheint ein vertrauenswürdiger, intelligenter Mann zu sein. Möchtest du ihn fragen, was er dir über die Geschichte des Bergwerks erzählen kann (weiter bei **143**), oder erkundigst du dich lieber nach den ältesten Trakten des Bergwerks, die er zuvor erwähnt hat (**232**). *Falls du dir auf deinem Weg einen Zungenbeißer eingefangen hast und heilkundige Hilfe benötigst, lies sofort weiter bei* ***101****.*

136 Höher und höher ragt der geschuppte Leib vor dir auf … dann bist du unter ihm hindurch! Du schlägst einen Bogen, um dem mächtigen Schwanz auszuweichen, mit dem sich die Bestie auf dem Boden abstützt, und vergewisserst dich mit einem raschen Blick über die Schulter, ob Bolko es ebenfalls geschafft hat. Zu deiner Überraschung hält der Dicke problemlos mit, die Angst hat deinem Vetter im wahrsten Sinne Flügel verliehen. Während der Hybridocus wütend aufheult und seinen massigen Körper herumwuchtet, haltet ihr auf die Tunnelöffnung zu, die du erspäht hast. Hinter euch ertönen donnernde Schritte, als der Koloss die Verfolgung aufnimmt. Doch bevor er zu euch aufschließen kann, habt ihr den Stollen erreicht und huscht hinein. Ihr verlangsamt euer Tempo erst, als das Gebrüll der rasenden Bestie weit hinter euch zurückgeblieben ist. Weiter bei **106**.

137 Ihr folgt dem Gang um eine Biegung und erreicht eine kleine, natürlich entstandene Kammer, aus deren Seitenwand ein Sturzbach kristallklaren Wassers sprudelt. Gluckernd fließt es quer durch das kleine Gewölbe, um in einer Tunnelöffnung in der gegenüberliegenden Wand zu verschwinden. »Aahhh! Es geht doch nichts über frisches Quellwasser«, stöhnt Bolko, der sich hingekniet hat und mit tiefen Zügen trinkt. »Außer vielleicht ein gebratenes Schwein …«
Auch du stillst deinen Durst. Als du anschließend nach einem Ausgang aus der Höhle suchst, entdeckst du einen schmalen Felssims, der am Flusslauf entlang in den neuen Tunnel führt. Ihr beschließt, auf diesem Weg weiterzugehen. Weiter bei **98**.

138 Als du dich im Spiegel betrachtest, siehst du zuallererst die Zeichnung, die die unverschämten Goblinge unauslöschlich auf deiner Stirn verewigt haben. Wütend verziehst du das Gesicht –

und glaubst, deinen Augen nicht zu trauen: Dein Spiegelbild, das doch eigentlich exakt dasselbe tun sollte wie du, teilt deine Verärgerung keineswegs! Stattdessen grinst es breit, streckt die Arme aus, weit und immer weiter ... und greift aus der staubbedeckten Oberfläche des Spiegels heraus, um dich an der Kehle zu packen! Du keuchst entsetzt auf, als dir klar wird, dass die Goblinge dich mit einem fürchterlichen Fluch belegt haben: Die Zauberrune auf deiner Stirn ermöglicht es dem Spiegelbild des Opfers, aus der Spiegelwelt in die reale hinüberzuwechseln und den Platz der echten Person einzunehmen – wozu diese logischerweise beseitigt werden muss! Endlose Sekunden ringst du mit deinem schrecklich vertrauten Widersacher, dann spürst du, wie dir die Luft ausgeht! Aus dem Hintergrund springt Bolko heran, um dir zu helfen, doch sofort entsteigt auch sein Spiegelbild dem Spiegel, entwindet ihm ohne Mühe seinen Dolch und beginnt, deinen Vetter im Kreis um den Sekretär herumzujagen. Das absurde Bild Bolkos, der von Bolko verfolgt wird, ist das Letzte, was du siehst, bevor du das Bewusstsein verlierst. Du wirst nie wieder erwachen.

139

Der Schlüssel passt! Du ziehst die Tür auf und betrittst eine eigenartige kleine Kammer. Eine der Wände ist bis unter die Decke mit Regalen gefüllt, in denen Hunderte hölzerner Puppen hocken. Trotz ihres unterschiedlichen Aussehens und der kunterbunten Kleidung haben alle eines gemeinsam: Ihre aufgemalten Gesichtchen strahlen eine abgrundtiefe Bosheit aus! An der Wand gegenüber lehnen mehrere rechteckige, mit Tüchern verhüllte Gegenstände, möglicherweise Gemälde wie jene, die draußen das Büro zieren. Du ahnst, dass es sich um eine Art Freizeitraum handeln muss, in dem jemand einer bizarren Sammelleidenschaft nachgegangen ist. »Lass dir nur Zeit«, hörst du die schläfrige Stimme Bolkos von draußen, daher überlegst du, ob du lieber die Puppen (weiter bei **54**) oder die verhängten Gemälde (**198**) einer genaueren Betrachtung unterziehen sollst.

140 Dumpf hallen eure Schritte von den endlos scheinenden Tunnelwänden wider … Plötzlich hast du den Eindruck, dass mit dem diesiggrünen Licht der Leuchtröhren über euren Köpfen irgendetwas nicht stimmt. *Merk dir diesen Abschnitt, damit du später hierher zurückkehren kannst, dann lies weiter bei* ***123****, um zu sehen, was passiert!* Solltet ihr den Zwischenfall überleben, geht es anschließend weiter bei **111**.

141 Wie du bereits gesehen hast, erweitert sich der Gang nach wenigen Schritten zu einer Höhle. Sie hat einen annähernd runden Grundriss, und ein Teil der Bodenfläche, etwa so groß wie der Dorfplatz von Roog, ist bei einem Felsrutsch Dutzende Meter in die Tiefe gesackt. Davor liegen mehrere hochgezogene Stege und Strickleitern, die offenbar einst dazu dienten, in die Grube hinunter- und wieder heraufzukommen.

Als ihr euch dem Rand nähert, wird Bolko plötzlich ganz aufgeregt. »Schau, da unten: ein Lagerfeuer!« Begeistert deutet er auf einen orangefarbenen, flackernden Schein, der am Grund, zwischen den Felstrümmern zu erahnen ist. »Da grillt einer!« Er macht eine ungeduldige Geste in Richtung der herumliegenden Leitern.

Stimmst du zu, eine davon hinabzulassen und in die Tiefe steigen, um dich dort umzuschauen, weiter bei **225**. Möchtest du dich zunächst durch Rufen bemerkbar machen, um zu sehen, wer oder was am Grund der

Grube haust, weiter bei **184**. Ist dir dieser Ort nicht geheuer, kannst du auch mit deinem Vetter zur Kreuzung zurückkehren, um dort nach links (weiter bei **50**) oder nach rechts in den erheblich älter wirkenden Tunnel einzubiegen (**39**).

142

Hinter der Tür, im von außen hereindringenden Phosphoradeschimmer kaum zu erkennen, liegt ein kleiner Schlafsaal mit schätzungsweise zwanzig grob gezimmerten Betten. Obwohl der Raum seit vielen Tagen nicht mehr benutzt worden sein dürfte, weht dir ein Schwall verbrauchter Luft entgegen. Bolko verzieht angewidert das Gesicht und gibt dir zu verstehen, dass er draußen warten wird. Oberflächlich durchsuchst du mehrere der nach Schweiß und ungewaschenen Füßen riechenden Betten. Auf einem der kleinen Nachttische, die am Kopfende jeder Liegestatt angeschraubt sind, entdeckst du eine graue Kerze, ungefähr so dick wie dein Handgelenk und eine Handspanne lang. Sie scheint aus Talg oder etwas Ähnlichem zu bestehen. Als du sie berührst, verspürst du ein Kribbeln. Seltsam! Wenn du willst, kannst du die Kerze mitnehmen (vermerke sie in diesem Fall auf deinem **Abenteuerblatt**). Da es hier ansonsten nichts zu finden gibt, kehrst du zu Bolko auf den Flur zurück. Weiter bei **247**.

143 »Die Minen von Gnarling existieren seit über 1200 Jahren«, erklärt Meister Gisy und schenkt dir Tee nach. »Während dieser Zeit herrschten vier verschiedene Könige über mein Volk, die Verwaltung der Silberförderung unterstand insgesamt elf unterschiedlichen Schürfdirektoren.«

Bolko, der den Kuchen mittlerweile komplett verputzt hat, gähnt ausgiebig.

»In all den Jahren gab es nie Probleme mit dem Silberabbau oder dem daraus erwachsenden Handel mit anderen Völkern«, erinnert sich der Zwerg weiter. »Allein aus der Amtszeit eines Schürfdirektors namens Bofyr, der die Minen vor etwa 700 Jahren führte, erzählt man sich anderes …«

»Nämlich?«, hakst du nach.

»Die Erträge, die Bofyr am Ende jedes Förderzeitraums in seinen Bilanzen auswies, waren weit niedriger, als sie hätten sein sollen, obwohl er die Arbeiter härter und ausdauernder schuften ließ als je ein Direktor vor oder nach ihm.«

»Also wirtschaftete er Gelder in seine eigene Tasche?«, vermutest du.

»Dieser Verdacht drängte sich auf. Doch bevor eine königliche Untersuchungskommission sich des Falles annehmen und Bofyrs Bücher prüfen konnte, setzte er sich ab, die Mineneinnahmen von über einem halben

Jahr im Gepäck! Man munkelte, er sei in den Süden, ins heiße Mesh geflohen. Kein Zwerg hat ihn je wieder gesehen.«

Du legst die Stirn in Falten. »Aber was könnten Bofyrs Unterschlagungen mit dem Geisterspuk zu tun haben?«

Meister Gisy sieht dich ratlos an. »Das weiß ich auch nicht. Aber es gibt eine Verbindung, die vielleicht von Bedeutung sein könnte: Bofyr war der letzte Verwalter, der die ältesten und tiefsten Schächte der Minen nutzen ließ. Schon damals waren sie einsturzgefährdet und warfen kaum noch etwas ab. Dennoch schickte Bofyr rücksichtslos immer neue Arbeiter hinein!«

»Unsympathischer Zeitgenosse, dieser Bofyr«, findet Bolko und klaubt mit dem Finger die letzten Kuchenkrümel vom Teller. »So gierig!«

»Nach seiner Flucht tauchten in seinen Unterlagen unerklärliche Differenzen zwischen der Zahl der angeblich beschäftigten Minenarbeiter und der Zahl der tatsächlich vorhandenen auf«, fährt Meister Gisy fort. »So als hätten sich Dutzende einfach in Luft aufgelöst. Weiterhin hatte es den Anschein, als habe Bofyr nicht nur Zwerge beschäftigt, sondern von irgendwoher zusätzliche Arbeitskräfte bezogen. Aber Beweise hierfür fanden sich nirgends.« Versonnen starrt der Schürfdirektor aus dem Fenster seines Büros.

Möchtest du ihn auffordern, euch mehr über die erwähnten ältesten Bereiche des Bergwerks zu erzählen (weiter bei **232**), oder bist du der Ansicht, genug gehört zu haben, und willst dich so schnell wie möglich auf den Weg machen (**86**)?

144

Als du dich dem Tisch näherst, stellst du fest, dass sich das Gespräch der drei um ein Spiel namens »Gezieferduell« dreht, das in Gnarling eine Art Nationalsport zu sein scheint. Wo man andernorts Hähne oder Hunde gegeneinander antreten lässt, um Wetten auf den Ausgang des Kampfes abzuschließen, tun die Zwerge dies mit riesigen Insekten, die sie in den Minenschächten fangen.

»... schwöre ich dir, Genosse Klompyr: Eine Felsspinne wird im Kampf immer – *jedes verdammte Mal* – einen Granitskorpion schlagen«, beendet ein Zwerg mit knallrotem Bart soeben seine Ausführungen. »Glaub mir, ich muss es wissen: Nach gut hundert Kämpfen ist mein achtbeiniger Champion noch immer unbesiegt!« (Falls du die Bemerkung des Zwergs wichtig findest, kannst du sie auf deinem **Abenteuerblatt** notieren.)

Die drei haben nichts dagegen, dass du dich zu ihnen setzt. Als du jedoch versuchst, das Thema auf die unheimlichen Geschehnisse in den Minen zu lenken,

scheint die Temperatur am Tisch schlagartig um mehrere Grad zu fallen. »Wir reden nicht über die Dinge, die wir in der Tiefe gesehen haben«, stellt Klompyr klar. Sein abweisender Ton kann nicht über die Angst hinwegtäuschen, die in seinen Augen flackert. Was immer die Zwerge unter Tage erlebt haben, es hat sie nachhaltig in Panik versetzt!
Du erhebst dich und verlässt den Tisch. Bolko liebäugelt nach wie vor mit der Theke, wo er auf einen Imbiss hofft. Willst du mit ihm zum Wirt hinübergehen (weiter bei **92**), oder packst du ihn am Arm, um das Lokal zu verlassen und Gyrolph endlich zum Eingang der Minen zu folgen (**80**)?

145

Bolkos Gesichtsausdruck ist unschwer zu entnehmen, dass er sich mit dem Gedanken, dem uralten Stollen in Richtung des Heulens zu folgen, noch immer nicht anfreunden kann. Du legst ihm beruhigend eine Hand auf die Schulter. »Vergiss nicht, dass wir hier sind, um den Ursprung des Spuks zu finden«, erinnerst du ihn. »Irgendwann müssen wir uns den Geistern wohl oder übel stellen, daran führt kein Weg vorbei.«

Dein Vetter grunzt etwas Unverständliches und lässt den Kopf hängen. Hintereinander steigt ihr über die morschen Holzreste und betretet den dahinterliegenden Tunnel. Weiter bei **52**.

146 Aufgeregt an ihren Pfeifen paffend verfolgen die Zwerge den Verlauf des Würfelduells. Als Morphyrs Würfel zum neunten und letzten Mal auf die Tischplatte klappert und erneut einen niedrigeren Zahlenwert als Bolkos zeigt, stößt der Zwerg ein enttäuschtes Schnauben aus. »Verflixt! Das Glück ist mir heute nicht hold. Du hast mehr hohe Würfe erzielt als ich, Fremder!« Weiter bei **102**.

147 Schwere, tapsende Schritte nähern sich euch aus verschiedenen Richtungen. Du drehst suchend den Kopf – und stößt einen erstickten Schrei aus! Über zwanzig riesenhafte, zottige Gestalten taumeln durch die dämmrige Weite der Höhle auf euch zu! Sie sind doppelt so groß wie ein erwachsener Mann und von oben bis unten mit steingrauem, zottigem Fell bedeckt. Entsetzt starrst du in die heimtückisch glühenden Schweinsäuglein, siehst die weit aus dem Unterkiefer ragenden Hauer, die steinernen, aus abgebrochenen Tropfsteinen gefertigten Keulen in ihren Händen und begreifst, womit ihr es zu tun habt.

»Stollentrolle«, stößt du hervor. »Ein ganzes Rudel! Sie müssen den Verladebahnhof besetzt haben, nachdem die Arbeiter geflohen waren.«
Knurrend kommen die Kolosse über die Gleise herangestürmt. Stollentrolle gehören zu den brutalsten und hinterhältigsten Geschöpfen, denen man in Konduula begegnen kann. Wenn sie euch in die Klauen bekommen, seid ihr verloren! Auf der Suche nach Fluchtwegen lässt du deinen Blick panisch durch die Höhle schweifen. Ihr könntet zu dem Schuppen hinüberrennen, der stabil genug aussieht, um euch Schutz zu gewähren (weiter bei **77**). Oder sucht ihr euer Heil bei den hölzernen Verladekränen, die zwischen Schuppen und Fluss aufragen (**26**)? Willst du dagegen auf die Brücke zuhalten, in der Hoffnung, vor den Trollen das andere Ufer zu erreichen, weiter bei **93**.

148 Du rennst wie der Teufel, doch noch bevor du aus dem Gefahrenbereich heraus bist, trifft dich ein kopfgroßer Felsbrocken an der Schulter. Du taumelst, suchst an der bebenden Wand des

Stollens Halt – da knallt ein zweiter Stein direkt auf deinen Schädel! Alles um dich herum beginnt zu verschwimmen. Umwallt von dichten Staubwolken siehst du, wie Bolko verzweifelt hierhin und dorthin hüpft, um fallenden Trümmerbrocken auszuweichen. Es ist das Letzte, was du in diesem Leben siehst, denn in der folgenden Sekunde wirst du unter tonnenschweren Gesteinsmassen begraben! Dein Leben endet tief in den Minen von Gnarling.

149 »Haltet ein!«, rufst du so laut du kannst. »Wir sind Gesandte im Dienste des Zwergenkönigs und haben den Auftrag …« Weiter kommst du nicht, denn kaum erwähnst du das Volk der Zwerge, schraubt sich das Heulen und Wehklagen der Geister abrupt in ungeahnte Höhen hinauf! Dutzende nebelhafte Arme umschlingen Bolko und dich, eisige Kälte dringt in Sekundenschnelle in eure Glieder ein. Kurz bevor du das Bewusstsein verlierst, spürst du die grenzenlose Wut, die die Geister auf die Zwerge hegen … auf einen *ganz bestimmten* Zwerg, wie dir scheint. Sie sind wie besessen von dem Drang, Rache zu nehmen für etwas, das ihnen einst angetan wurde. Unglücklicherweise hast du keine Ahnung, was das sein könnte, folglich kannst du die Geister auch nicht daran hindern, ihre Wut an dir und Bolko auszulassen. Schon erreicht die tödliche Kälte dein Herz, das sofort zu schlagen aufhört! Aus der Dunkelheit, die sich über dich senkt, wirst du nie wieder erwachen.

150 Vorsichtig lässt du dich auf dem Stuhl nieder. Er ist kalt und unbequem, wie bei einem steinernen Sitz nicht anders zu erwarten. Zunächst geschieht nichts. Dann durchfluten plötzlich Wellen von Wärme deinen Körper. Pulsierend breitet sich neue Energie in dir aus, bis du das Gefühl hast, Bäume ausreißen zu können! Dir wird klar, dass es sich um einen magischen Stärkungsstuhl handelt, dazu geschaffen, den Minenarbeitern Kraft für die anstrengende Arbeit untertage zu verleihen. Du bleibst noch einige Minuten sitzen, dann erhebst du dich und kehrst mit Bolko zur letzten Kreuzung zurück. (Vermerke auf deinem **Abenteuerblatt**, dass du eine magische Kräftigung erfahren hast.) Möchtest du nun dem Hauptstollen abwärts folgen (weiter bei **140**), oder, falls du das noch nicht getan hast, vorher die andere Abzweigung untersuchen (weiter bei **224**)?

151 Hinter der steinernen Pforte, die sich unter lautem Knirschen aufdrücken lässt, liegt ein schnurgerader, gut erhaltener Korridor. Nachdem ihr ihm eine Weile gefolgt seid, fühlst du plötzlich etwas fast Vergessenes auf deinem Gesicht: einen kühlen Luftzug! Mit neuer Motivation eilt ihr weiter nach **88**.

152

»Hallooooo! Ist da drin jemand?«, gellt Bolkos Stimme, während er mit den Fäusten die verschlossene Eingangstür traktiert. »Hier sind zwei arme Helden mit einem Mordsloch im Bauch!«

»Wir reisen im Auftrag von König Margolix«, fügst du vorsichtshalber hinzu. Sollte sich tatsächlich noch jemand im Innern aufhalten, hat er wegen der Geistererscheinungen gewiss große Angst, denkst du dir. Besser, ihr macht frühzeitig klar, dass ihr nichts Böses im Schilde führt.

Wie recht du mit deiner Überlegung hast, zeigt sich nur Sekunden später: Es klickt im Schloss, dann fliegt die Tür auf – und zwei gespannte Armbrüste zucken aus der Öffnung hervor, gerichtet auf Bolko und dich! Hinter den Waffen erkennst du einen dicklichen Zwerg mit blondem Bart und einer fleckigen weißen Schürze sowie eine nicht minder dicke Zwergenfrau mit einem riesigen Haardutt auf dem Kopf. Die Finger am Abzug ihrer Waffen, mustern sie euch mit unsicherem Blick.

Rasch hebst du die Hände und erklärst den beiden eure Mission. Daraufhin lässt zunächst die Frau, dann auch der Mann zögernd die Armbrust sinken. »Ihr müsst entschuldigen«, sagt er und tritt beiseite, um euch einzulassen. »Wir mussten davon ausgehen, dass ihr Stollentrolle seid ... oder etwas noch Schlimmeres!«

Ihr folgt dem Paar durch einen unbeleuchteten Schankraum voller staubbedeckter Tische und hochgestellter Stühle. An einem breiten Holztresen entzündet der Zwerg, der sich als Tapyr vorstellt, eine Kerze und schenkt euch zwei Humpen Met ein. »Mein Weib Veronda und ich haben uns hier verschanzt, nachdem die letzten Minenarbeiter geflohen waren«, erklärt er. »Dieses Lokal ist alles, was wir haben«, fügt die dicke Zwergin hinzu, die sich an einem steinernen Herd zu schaffen macht. »Wir konnten es doch nicht einfach zurücklassen! Selbst wenn der unheimliche Spuk irgendwann wieder aufhören sollte – die Stollentrolle, die seit Wochen das Bergwerk südlich des Flusses Ybbs unsicher machen, hätten bis dahin alles verwüstet.«

Sie stellt eine Pfanne voller Rührei mit Schinken vor euch auf den Tisch, und dankbar beginnt ihr zu essen. Du fragst Tapyr, was er euch über die Geistererscheinungen erzählen kann, worauf er besorgt die Stirn runzelt. »Veronda und ich haben zum Glück selbst noch keine dieser nebelhaften Schreckgestalten gesehen. Die ersten Sichtungen fanden nördlich von hier statt, ganz in der Nähe der ältesten, lange nicht mehr genutzten Trakte des Bergwerks. Bis hierher, in die Nähe des Großen Südtors, scheinen sie bislang nicht vorgedrungen zu sein. Aber von den fliehenden Minenarbeitern hörten wir sonderbare Geschichten …«

»Grässliche Geschichten!«, fällt ihm seine Frau ins Wort. »Nicht genug damit, dass das gespenstische Heulen einem unbescholtenen Zwerg glatt das Herz in der Brust zu Eis werden lässt. Nach allem, was wir gehört haben, können die Geisterwesen auch Besitz von den Gedanken anderer ergreifen!«

»Beffitz von meinen Gedanken?«, grunzt Bolko mit vollen Backen. »Waff ffoll daff heiffen?«

»Ein Stück östlich von hier gibt es eine tiefe Schlucht«, ergreift Tapyr wieder das Wort. »Eine Hängebrücke führt von einer Seite auf die andere, und viele Zwerge wählten diesen Weg für ihre Flucht aus den Fördertrakten. Die Geister hatten sich jedoch längst in der Schlucht eingenistet! Versuchte jemand, die Brücke zu passieren, stiegen sie aus den Tiefen empor und übernahmen die Kontrolle über das Gehirn des Bemitleidenswerten.« Tapyr schluckt hart. »Etliche brave

Zwerge sprangen unter solchem Einfluss lachend und singend von der Brücke in den Tod!«
Du schweigst betroffen, während Bolko schmatzend die Pfanne leert. Als er fertig ist, macht ihr euch zum Aufbruch bereit. Möchtest du das hilfreiche Zwergenpaar noch um etwas Proviant für den Weg bitten (weiter bei **214**) oder dich lieber nach ein paar nützlichen Tipps für den weiteren Weg durch das Bergwerk erkundigen (**16**)? Bist du der Ansicht, ihre Gastfreundschaft genug strapaziert zu haben, verabschiedet ihr euch, verlasst den Gegrillten Tatzelwurm und betretet die Stollenöffnung am entfernten Ende der Höhle. Weiter bei **108**.

153

»Tja, Pech gehabt! Oder? Ja! Ja!«, kreischt Byrger mit irrem Lachen, ergreift einen Hebel, der neben ihm aus der Wand ragt, und legt ihn um. Bevor ihr noch wisst, wie euch geschieht, öffnet sich eine getarnte Klappe im Boden, und ihr stürzt schreiend in die eisigen Fluten des Flusses Ybbs. Sofort schlägt das Wasser über euch zusammen, die Strömung packt euch mit unnachgiebigem Griff. Strampelnd wehrst du dich gegen die Wassermassen, die dich in die Tiefe ziehen wollen, und unter erheblicher Mühe gelingt es dir, an der Oberfläche zu bleiben. Undeutlich siehst du Dutzende grunzende, zottige Schemen am rechten Flussufer vorüberhuschen, doch die Strömung reißt euch so schnell durch die große Höhle davon, dass die Trolle keine Chance haben, euch herauszufischen. Da wird es plötzlich finster um euch herum, und der Fluss verschwindet in einer niedrigen Stollenöffnung. Verzweifelt trittst du Wasser, doch du spürst, dass du diese Anstrengung nicht lange durchhalten wirst ... Weiter bei **235**.

154 Du fummelst das Döschen hervor, schraubst den Deckel ab und reißt das offene Gefäß hoch über eure Köpfe. Der Ruck befördert eine große Wolke des glitzernden Zauberstaubs in die Luft, die sich rasch auf euch herabsenkt ... und zu wirken beginnt! Vor deinen Augen löst sich Bolko auf, bis er nicht mehr zu sehen ist. An seinem entsetzten Ausruf »Hey, wo bist du denn plötzlich hin?« sowie dem enttäuschten Brüllen des Hybridocus erkennst du, dass das Pulver auch dich hat verschwinden lassen. Du greifst ins Leere, erwischst deinen Vetter am Kragen und zerrst ihn unsanft aus der Angriffsbahn des Urzeitmonstrums. Während die Bestie hinter euch ein enttäuschtes Brüllen ausstößt, huscht ihr um die Teergrube herum und auf die andere Seite der Höhle. Dort angekommen, hast du einen Geistesblitz: Du raffst mehrere faustgroße Steinbrocken vom Boden auf und beginnst, sie nach der Urechse zu werfen! Kaum trifft der erste die Rückenstacheln des Ungetüms, fährt es mit schnappenden Kiefern herum, macht instinktiv einen Satz auf den vermeintlichen Angreifer zu – genau in die brodelnde Teergrube hinein! Blitzartig sinkt der Koloss tiefer. Sein Gebrüll schraubt sich in ungeahnte Höhen empor, als das Monster begreift, dass es sich nicht aus dem Sog der zähen Masse befreien kann. Atemlos verfolgt ihr, wie eine letzte Woge Teer über den Echsenkopf hinwegschwappt und sein Röhren erstickt. Der Hybridocus ist Geschichte!

»Heiliger Gugelhupf«, murmelt Bolko, während ihr euch gegenseitig den magischen Staub vom Körper klopft und wieder sichtbar werdet. »Ab sofort feiere ich zweimal im Jahr Geburtstag ... und zwar jedes Mal mit Unmengen von Kuchen!«

Da es in der kargen Höhle nichts weiter zu entdecken gibt, verlasst ihr sie durch einen breiten Stollen am anderen Ende. Weiter bei **106**.

155 Wie ein Stein plumpst dein Vetter zu Boden. Nur einen Wimpernschlag darauf liegst du flach neben ihm und presst dein Gesicht an den nas-

sen, kalten Fels. Das Heulen kommt näher, immer näher, bis sein Verursacher unmittelbar über euch zu schweben scheint ... und vorübergleitet!
Du kannst es kaum glauben, doch als du ein paar bange Atemzüge später den Kopf hebst, erhältst du Gewissheit: Der Geist ist über euch hinweggeschwebt, ohne euch zu beachten! Schon verhallt sein Heulen in der Ferne, bis nichts mehr außer dem Rauschen des Flusses zu hören ist. »Er ist weg«, teilst du Bolko mit, der noch immer bibbernd am Sims klebt. »Wir hatten unvorstellbares Glück!«
»Wessen dämliche Idee war es eigentlich, hier als Geisterjäger anzutreten?«, krächzt Bolko und kommt taumelnd auf die Beine. Du verzichtest auf eine Antwort und folgst stattdessen dem Felssims geradeaus. Weiter bei **171**.

156

Du streckst dein Bein weit nach vorn und betrittst eine schwarze Fliese, ohne dass etwas passiert. Ein letzter großer Schritt noch, dann stehst du vor der schnitzwerkverzierten Doppeltür! Wählst du dafür:
- eine gelbe Fliese (**27**)?
- eine rote (**96**)?
- noch einmal eine schwarze (**217**)?
- oder eine grüne (**72**)?

157 Nach wenigen Schritten erreicht ihr einen spitz zulaufenden, ehemals mit Holzlatten vernagelten Torbogen in der linken Wand. Die Bretter sind lange verfault und liegen als morscher Haufen am Boden verstreut. Aus der Finsternis jenseits der Öffnung dringt ein fernes Heulen. Weiter bei **189**.

158 Mit übermenschlichem Geschick huschst du an dem Gerüst wieder nach unten, packst deinen Vetter am Kragen und ziehst ihn in die Höhe. Mit einem deutlichen Vorsprung vor den Trollen erreicht ihr die Spitze des Krans, wo ein schmaler Ausleger waagerecht über die gischtenden Fluten des Flusses ragt. »Nicht nach unten sehen«, rätst du Bolko, während ihr beginnt, den schwankenden Ausleger entlangzurobben. Durch euer Gewicht beginnt er sich plötzlich zu drehen: Ihr schwingt über die Köpfe der wütenden Trolle hinweg, bis ihr euch direkt über der Brücke befindet, die sich euch hier bis auf wenige Meter entgegenwölbt. »Spring!«, rufst du und lässt dich fallen. Du landest wohlbehalten und fängst deinen Vetter auf, der wie ein Mehlsack neben dir aufkommt. Vom Ufer her vernehmt ihr das Gebrüll der Stollentrolle, und schon stürmt ein halbes Dutzend von ihnen auf die Brücke zu … Weiter bei **175**.

159 Du nimmst all deinen Mut zusammen und versuchst, mit einem hohen Satz über die Reihen der kleinen Holzkörper hinwegzuspringen. Da reißt eine der Puppen blitzschnell die Ärmchen hoch und bringt dich zu Fall! Krachend stürzt du der Länge nach auf den Boden der Kammer, und im Handumdrehen sind Dutzende von Puppen überall auf dir. Ein Stechen und Hauen, Zerren und Reißen beginnt, das dich vor Schmerzen gellend aufschreien lässt! Verzweifelt schlägst du um dich, doch gegen die Übermacht der fluchbeladenen Holzwesen hast du keine Chance: Binnen Sekunden haben die Puppen dich in Stücke gerissen, dein Abenteuer endet hier.

160 Mit einer Vorsicht, die dir selbst beinahe albern vorkommt, setzt du deinen Fuß auf eine gelbe Fliese, gut eineinhalb Schritte entfernt. Nichts passiert! Wählst du für deinen nächsten Schritt:

– eine schwarze Fliese (weiter bei **27**)?

– eine rote (**72**)?

– erneut eine gelbe (**217**)?

– eine grüne (**31**)?

161 Dicker Rauch aus ungezählten Tabakspfeifen schlägt euch entgegen, als du die Tür des TRUNKENEN EBERS aufdrückst. Vor euch liegt eine abgedunkelte Schankstube mit niedriger Steindecke. Eine Zwergin, nur aufgrund des fehlenden Vollbarts als weibliche Vertreterin ihres Volkes zu erkennen, eilt mit Tabletts voller steinerner Humpen zwischen runden Tischen umher, an denen zehn bis zwölf stämmige Zwerge hocken. Sie tragen einfache, dunkelgraue Arbeitskleidung, und die meisten haben Krüge mit schäumendem Met vor sich. Deine Vermutung, dass es sich bei diesem Lokal um einen Treffpunkt der streikenden Minenarbeiter handelt, scheint zuzutreffen. Während Bolko, der trotz des Qualms den Geruch fettigen Fleisches erschnüffelt hat, dich in Richtung Theke ziehen will, wirfst du einen prüfenden Blick in die Runde. Zwei Tische scheinen dir vielversprechend: An einem davon hocken drei Zwerge mit ernsten Mienen und unterhalten sich. Etwas weiter im Hintergrund sitzt ein einzelner Zwerg mit auffallend roter Nase. Er schwenkt einen Metkrug durch die Luft und grölt ein ausgelassenes Lied. Möchtest du die Dreiergruppe ansprechen, weiter bei **144**. Wendest du dich lieber dem singenden Zecher zu, weiter bei **241**. Folgst du Bolko zum Tresen in der Hoffnung, dort ein paar Worte mit dem Wirt wechseln zu können, weiter bei **92**.

162 »Lauf!«, zischst du Bolko zu. Im nächsten Augenblick hetzt ihr auf der Flucht vor etwas, das ihr nicht einmal sehen könnt, durch die Finsternis. Du hältst dich eng an der linken Tunnelwand. Nach wenigen Schritten hast du die Ahnung von etwas Großem, Lebendigem, ganz in deiner Nähe! Doch ebenso rasch, wie sich der Eindruck eingestellt hat, schwindet er wieder. Während du mit unvermindertem Tempo weiterrennst, lauschst du ängstlich in die Schwärze hinter dir: Du hörst Bolkos stampfende Schritte, sein ängstliches Wimmern in der Dunkelheit – und den galoppierenden Tritt eines schweren Geschöpfs, das euch durch die Dunkelheit nachhetzt! Da prallst du plötzlich hart gegen eine Wand! Der Tunnel beschreibt eine Linkskurve, und mit einem raschen Ruf warnst du Bolko, bevor auch er in der Finsternis gegen den Fels kracht. Hinter der Biegung ist in der Ferne der grünliche Schein von intakten Phosphoraderöhren zu erkennen, und keuchend hastet ihr darauf zu. Als ihr den beleuchteten Tunnelabschnitt erreicht, wirfst du einen Blick über die Schulter.

Weit hinter euch, fast verborgen im Schatten der dunklen Gangbiegung, erahnst du einen riesenhaften, geduckten Schemen mit langem, rattenartigem Schwanz. Doch was immer es ist, es scheint kein Licht zu mögen: Ein enttäuschtes Knurren dringt an dein Ohr, dann verschwindet die Kreatur rückwärts in der Schwärze. Außer Atem, aber erleichtert folgt ihr dem Gang nach **134**.

163 Ohne Zwischenfälle erreicht ihr die Kreuzung mit dem alten, verwitterten Wegweiser. Möchtest du nun dem abwärts führenden Haupttunnel mit dem stählernen Schienenstrang folgen (weiter bei **110**) oder lieber der gegenüberliegenden Abzweigung (**89**)?

164 Verzweifelt versucht ihr, auf dem wankenden Damm vorwärtszukommen und das rettende Ufer zu erreichen. Doch die Zombiber sind schneller als ihr! Schon haben etliche ihre stinkenden, halb verfaulten Leiber vor und hinter euch aus dem Wasser gewuchtet. Mit plumpen Hopsern eilen sie heran, um ihre riesigen Nagezähne in euer Fleisch zu schlagen. Ein stechender Gestank nach Verwesung ist das Letzte, was du registrierst, bevor es dunkel um dich herum wird. Dein Abenteuer ist beendet!

165 Bevor die Knochengerippe dich erreicht haben, bist du bereits durch die Tür gesaust und hast sie hinter dir ins Schloss geworfen. Du schnappst dir Bolko, der von den Vorgängen in der Wachstube nichts mitbekommen hat, und zerrst den lauthals Protestierenden den Gang entlang. Keuchend erreicht ihr die letzte T-Kreuzung, wo ihr geradeaus weiter nach **83** eilt.

166 Wie es aussieht, hat dein Vetter recht: Ohne Hilfsmittel seid ihr nicht in der Lage, euch aus eurem Gefängnis tief unter der Erde zu befreien. Und da es euch bislang auch nicht gelungen ist, etwas gegen den Geisterspuk zu unternehmen, wird König Margolix es kaum wagen, einen Hilfstrupp in die Minen zu entsenden, um nach euch zu suchen. Bereits wenige Stunden später spürst du, wie die Luft im Hohlraum knapp und immer knapper wird ... eure letzten Minuten sind angebrochen! Dein Abenteuer endet tragisch.

167 Du ziehst deine Karte zurate und stellst fest, dass der Tunnel zur Rechten eine Sackgasse ist. Damit bleibt nur die Wahl zwischen dem Weg geradeaus (weiter bei **141**) oder dem nach links (**39**).

168 »Spring!«, brüllst du Bolko zu und schwingst dich mit Todesverachtung über den Rand der rasenden Eisenwanne. Du wirbelst mehrmals um deine eigene Achse, während die Lore ungebremst weiter den Gang hinunterdonnert. Noch in der Luft öffnet sich dein Rucksack, und ein Gegenstand segelt heraus. (Streiche einen Gegenstand, falls du bereits einen gefunden hast, von deinem **Abenteuerblatt**.) Der Aufprall auf den steinharten Boden raubt dir für Sekunden den Atem. Und als sei dies noch nicht genug, kracht einen Wimpernschlag später ein schwerer, strampelnder Körper auf dich drauf – Bolko, der sich prompt darüber wundert, wieso er so überaus weich gelandet ist! Wütend rappelst du dich auf und folgst dem Stollen nach **70**.

169 Vorsichtig belastest du die Planke mit deinem Gewicht … sie scheint zu halten. Doch dann, du willst gerade das andere Bein nachziehen und auf das nächste Brett treten, gibt das uralte, morsche Holz plötzlich unter dir nach! Du hörst ein ekelhaftes Knirschen, versuchst noch, mit deinen Händen die Seile rechts und links zu packen – vergeblich! Schon saust du schreiend in die pechschwarze Tiefe, hinab zu den Verursachern des gespenstischen Heulens! Ob die Geister dir dort unten einen grässlichen Empfang bereiten werden, oder ob du am Fuß der Schlucht schlicht am Boden zerschellst – wer weiß? Dein Abenteuer jedenfalls endet hier.

170 Du packst den Stiel deiner Spitzhacke fester und wartest ab, was geschieht. Im nächsten Augenblick halten plötzlich auch die beiden Gerippe schwere Spitzhacken in ihren knochigen Händen. Und im Gegensatz zu dir haben sie zu Lebzeiten viel Erfahrung mit diesen unhandlichen Werkzeugen sammeln können! Mit wenigen kraftvollen Hieben haben sie dir deine Waffe aus der Hand geschlagen. Versuchst du es nun – falls du welches hast – mit einem magischen Pulver (weiter bei **37**), oder wagst du einen Fluchtversuch (**221**)?

171 Nach einer Weile weichen die Wände zurück, und der Fluss rauscht in eine große Höhle hinaus. Auf der anderen Seite des Wassers sind im Licht dicker Glimmeritbrocken eine Reihe hölzerner Kräne, ein Netz weit verzweigter Gleise mit verlassenen Bergwerksloren sowie ein großer Lagerschuppen zu erkennen; offenbar ein Verladebahnhof für das geförderte Silber. Alles wirkt wie ausgestorben, auch die massige Brücke, die ein paar Steinwürfe entfernt auf die andere Seite des Flusses hinüberführt. Als Bolko fragend auf die Brücke deutet, schüttelst du den Kopf: Sofern du dich noch auf deinen Orientierungssinn verlassen kannst, geht es am jenseitigen Ufer zurück in Richtung des Großen Haupttors. Ihr verlasst die Höhle daher durch einen von Leuchtröhren erhellten Korridor, der in die entgegengesetzte Richtung, tiefer in die Minen führt. Weiter bei **116**.

172

Als du Bolko fragend ansiehst, deutet er müde geradeaus. »Ich wage zwar kaum mehr darauf zu hoffen«, stöhnt er, »aber vielleicht gibt's dort hinten ja endlich was zu Beißen für uns!« Willst du den Weg geradeaus wählen, um die Höhle am Ende des Tunnels zu untersuchen (weiter bei **141**)? Oder möchtest du lieber den linken, älteren Gang (**39**) oder den nach rechts führenden einschlagen (**50**)?

173

Der Stollen beginnt anzusteigen und führt bald steil aufwärts. Nach einer Weile dringt ein gespenstisches Wimmern an dein Ohr. Beängstigend schnell schraubt es sich zu seinem hohen Kreischen empor. Es scheint direkt aus dem Fels unterhalb eurer Füße zu dringen! *Die Minengeister*, schießt es dir durch den Kopf – da beginnt der Boden bereits zu beben, Staub und Steine hageln von der Decke herab. Ein Felsbrocken trifft dich an der Schulter, ein zweiter auf den Kopf, und schlagartig wird alles um dich herum verschwommen und unscharf. Umwallt von dichten Staubwolken siehst du, wie Bolko verzweifelt hierhin und dorthin hüpft, um fallenden Trümmerbrocken auszuweichen … Es ist das Letzte, was du in diesem Leben siehst, denn nur einen Augenblick später wirst du unter tonnenschweren Gesteinsmassen begraben! Dein Leben und das deines Vetters enden tief in den Minen von Gnarling.

174 Die Kälte im Innern deines Kopfes wird immer stärker! Schon bist du nicht mehr in der Lage, deine Glieder zu koordinieren – du verlierst die Kontrolle über deinen Körper! Doch anstatt kraftlos zu Boden zu stürzen, beobachtest du fassungslos, wie deine Hand an den Gürtel fährt und deinen Dolch zückt. Als du wieder aufblickst, siehst du, dass die drei zerfasernden Geisterwesen wenige Schritte vor euch angehalten haben. Sie attackieren euch nicht, stattdessen schweben sie stumm auf der Stelle, scheinen

euch aufmerksam zu beobachten. Einen Wimpernschlag später weißt du, wieso: Mit leerem Blick, sein eigenes Messer kampfbereit in der Hand, wankt Bolko auf dich zu, bereit zum Angriff! Voller Entsetzen versuchst du, ihm etwas zuzurufen, ihn zur Besinnung zu bringen, doch aus deiner Kehle dringt nur ein aggressives Knurren. Gleichzeitig zischt dein Messerarm in die Höhe, und du springst vorwärts.
Die folgenden Minuten sind die schlimmsten deines Lebens – und die letzten, denn bei dem Todeskampf, den euch die Geister mithilfe ihrer telepathischen Kräfte ausfechten lassen, gibt es keinen Sieger. Euer Abenteuer ist zu Ende.

175 Es poltert dumpf, als ihr die hölzernen Planken der bogenförmig gewölbten Brücke hinaufrennt, auf das gegenüberliegende Flussufer zu. Da schält sich vor euch plötzlich ein eckiger Umriss aus dem Zwielicht: In der Mitte der Brücke, direkt über den gischtenden Fluten, steht ein Haus! Das Gebäude nimmt die gesamte Breite des Stegs ein, der einzige Weg auf die andere Seite führt dort hindurch. Instinktiv rennt ihr zur einzigen sichtbaren Tür, einem Koloss aus schwarzem Metall, und trommelt panisch mit den Fäusten dagegen. Als die keuchenden Laute eurer Verfolger nur noch ein paar Schritte entfernt sind, gibt der Stahl unvermittelt unter euren Händen nach, und ihr stolpert vorwärts. Sofort wird die schwere Pforte hinter euch wieder ins Schloss geworfen und verriegelt. Schwer atmend dreht ihr euch um und nehmt euren Retter in Augenschein.

Vor euch steht ein magerer Halbzwerg, vielleicht einen Kopf größer als du, mit einem riesigen, buschig-roten Schnauzbart. Er trägt eine speckig glänzende Uniform mit passender Kappe, am Gürtel einen Dolch sowie einen hölzernen Knüppel, der aussieht, als könnte man damit schmerzhafte Prügel austeilen. »Verfluchtes Trollpack«, zischt er und lauscht kurz den Schlägen, mit denen eure Verfolger draußen gegen die Tür trommeln. Dann wendet er sich an euch. »Der alte Byrger dachte zuerst, ihr wärt welche von *denen*, als ihr wie die Irren an seine Tür gehämmert habt. Dabei seid ihr nicht mal Erwachsene!« Er kichert schrill. »Was treiben zwei Kinder in den Minen von Gnarling, eh? Noch dazu in Zeiten wie diesen?«

Da Bolko noch völlig außer Puste ist, erklärst du dem Halbzwerg, wer ihr seid und dass ihr im Auftrag des Königs unterwegs seid, um dem Geisterspuk ein Ende zu setzen. Daraufhin kichert er nur noch wilder. »Die

Geister vertreiben, wie? *Ha!* Nein! Ja? Doch! Das würde der alte Byrger auch gern tun. Aber er weiß nicht, wie! Und die Gelegenheit zur Flucht, die hat er verpasst. Nun sitzt er hier fest, seit Wochen schon, eingekreist von Trollen und Gespenstern. Ha! *Ha-Ha!*«
In den Augen des Brückenwärters irrlichtert es. Du ahnst, dass die ständige Bedrohung, der er seit vielen Tagen und Nächten ausgesetzt ist, seinen Verstand zerrüttet hat. Vorsichtig deutest du an, dass ihr gern die Brücke überqueren und auf der anderen Seite des Flusses weiterforschen würdet. Als Byrger daraufhin nur noch lauter lacht, erkundigst du dich, ob es denn auch auf der anderen Seite des Flusses Stollentrolle gebe.
»Was? Dort? Nein! Der alte Byrger hält die Brücke tapfer, Tag und Nacht, er lässt keinen hinüber. *Keinen!*«
Der Halbzwerg reißt die Augen weit auf und starrt euch unheilvoll an. »Dafür sind in der Nordhälfte des Bergwerks Geister! Niemand will dorthin, niemand! Oder? Nein! Doch?« Wieder kichert er unkontrolliert.
Bolko, dem es in der Gegenwart dieses Irren allmählich mulmig wird, macht Anstalten, sich an ihm vorbeizudrücken. »Ihr müsst ja nicht mitkommen«, sagt er diplomatisch, »aber wir würden jetzt gern …«
Da blitzt plötzlich kalter Stahl in Byrgers Faust auf. »Auf die andere Seite, wie? Nein! Der alte Byrger lässt keinen durch! Oder? Doch? *Vielleicht* … Beantwortet

ihm eine Frage, dann dürft ihr passieren. *Ha!*« Mit starrem Blick fixiert der Brückenwächter euch. »In jenem Flügel des Bergwerks, aus dem ihr kommt – zwischen dem Großen Haupttor und dem Flusse Ybbs – arbeiten normalerweise 100 Zwerge. Jeder trägt eine graue Arbeitsmontur, auf der eine laufende Nummer eingestickt ist, also die Zahlen von 1 bis 100.« Er sieht euch lauernd an. »Wie oft erscheint die Ziffer 7 insgesamt auf den Monturen dieser Zwerge?« Er kichert hysterisch. »Die Sieben ist Byrgers Lieblingszahl, wisst ihr? Nein? Doch! *Ha!*«
Kannst du die Frage des durchgedrehten Brückenwärters beantworten, *lies bei dem Abschnitt weiter, der deiner Antwort entspricht.* Beginnt der dortige Abschnitt nicht mit dem Wort »Richtig« oder weißt du die Antwort nicht, weiter bei **153**.

176

Kaum ist Bolkos Kopf in dem Loch verschwunden, da kreischt er plötzlich schrill auf! Ein kurzer Ruck, dann steckt plötzlich sein ganzer Oberkörper darin, einen Augenblick später verschwinden auch seine strampelnden Beine. Du springst hinzu und versuchst, einen seiner Füße zu packen, doch da ertönen ringsum glitschende Geräusche, und unzählige weißlich glänzende Köpfe schieben sich vor und hinter dir aus den Löchern. Schaudernd erkennst du ringförmige, mit spitzen Zähnen besetzte Mäuler am vorderen Ende der raupenartigen Körper. Dies müssen Felsmaden sein, von denen König Margolix gesprochen hat! Hastig versuchst du, aus dem engen Stollen zu entkommen, aber die schleimigen Kriecher sind bereits überall. Dick und schwer wie Mehlsäcke walzen sie dich zu Boden, dann zuckt ein gierig schnappendes Ringmaul auf dich zu – und du weißt nichts mehr! Dein Abenteuer ist zu Ende.

177 Auf dem Sekretär findest du lediglich vermoderte Federkiele und ein eingetrocknetes Tintenfässchen, in den Schubladen mehrere unbeschriftete Bögen Pergament sowie ein paar Stempel mit Zwergenrunen darauf. Als du zu dem Aktenschrank hinübergehst, um einen Blick hineinzuwerfen, kommst du an dem großen Wandspiegel vorbei. Obwohl er verschmiert und von einer dicken Staubschicht überzogen ist, kannst du dein Spiegelbild überraschend klar erkennen … Trägst du eine Tätowierung auf der Stirn, die eine dir unbekannte Rune darstellt? Wenn ja, weiter bei **138**, wenn nicht, bei **112**.

178 In gut geölten Scharnieren schwingt die Tür nach innen. Dicke, graue Rauchschwaden quellen euch entgegen. Nur zögerlich schält sich ein kleiner, quadratischer Raum aus dem Qualm hervor, in dem vier Zwerge um einen Tisch sitzen. Sie tragen die graue Arbeitsmontur von Bergleuten, in ihren Mundwinkeln hängen bauchige Pfeifen, aus denen sie entsetzlich stinkenden Tabak paffen. »Sieh an, Besuch?«, ruft einer von ihnen, als er euch bemerkt. »Das ist selten geworden in den letzten Wochen. Kommt nur herein! Habt ihr vielleicht Lust auf ein kleines Spielchen?«

Verwirrt tretet ihr näher. Auf deine Frage erfährst du, dass es sich um Pförtner und Aufseher handelt, die sich nicht dem allgemeinen Streik angeschlossen haben. »Streiken, wozu?«, ruft einer, ohne die Pfeife aus dem Mund zu nehmen. »Bis hierher, in die Außenbezirke der Anlage, sind bisher weder Spukgestalten noch Stollentrolle vorgedrungen. Und solange wir hier auf unserem Posten bleiben, bekommen wir wenigstens unseren Sold!« Er lacht polternd.

»Natürlich patrouillieren wir nicht mehr durch die Gänge. Wir sind ja nicht lebensmüde!«, fügt ein anderer hinzu. »Dadurch ist es hier logischerweise ein bisschen langweilig. Aber wir wissen uns die Zeit schon zu vertreiben – mit Glücksspiel! Wie wär's mit einer

Runde Momper? Oder mögt ihr vielleicht eine Wette auf den Sieger im Gezieferduell abgeben?«

Bevor du etwas erwidern kannst, ruft Bolko begeistert: »Au ja, au ja! Ein Spielchen! Momper spielt man mit Würfeln, richtig?« Er sieht dich aus seinen kleinen Schweinsäuglein flehend an. »Wollen wir?«

Eigentlich würdest du dich lieber mit den Zwergen über die Geschehnisse in den Minen unterhalten. Als die vier dein Zögern bemerken, klopft einer von ihnen auf die Brusttasche seiner Montur, in der es vernehmlich klimpert. »Natürlich gibt es auch etwas zu gewinnen – vorausgesetzt, ihr bringt ebenfalls einen Einsatz!« Er lächelt aufmunternd unter seinem buschigen Vollbart.
Verlockt dich die Aussicht auf einen möglichen Gewinn dazu, mit den Zwergen zu spielen, kannst du dich entweder für das Würfelspiel namens Momper entscheiden (weiter bei **8**) oder für jenes Spiel, das sie Gezieferduell nennen (**192**). Lehnst du ab und erkundigst dich stattdessen, was die Zwerge über den Geisterspuk wissen, weiter bei **87**. Willst du die verrauchte Wachstube lieber ohne Umschweife verlassen, weiter bei **29**.

179

In der Hektik greifst du immer wieder daneben – und gerätst ein ums andere Mal in die Reichweite der gierig schnappenden Knospenmäuler! Weiter bei **131**.

180 Murrend folgt Bolko dir. Kurz darauf kommen zwei neue Türen in Sicht, eine in der linken, eine in der rechten Wand. Du bleibst stehen, um beide interessiert zu mustern. »Verflixt noch mal!«, beginnt Bolko zu meckern. »Da hinten, wo es so vielversprechend roch, wolltest du nicht langgehen, aber an jeder dämlichen Türe bleibst du stehen und machst ein Mordsaufheben!« Du verzichtest darauf, deinen Vetter darauf hinzuweisen, dass ihr schließlich hier seid, um das Rätsel des Spuks zu lösen, und überlegst stattdessen, ob du die linke, aus blank poliertem Metall bestehende Tür öffnen willst (weiter bei **68**) oder lieber die rechte, die aus gewöhnlichem Holz gefertigt ist (**226**). Ziehst du es dagegen vor, dem Korridor zu folgen, weiter bei **128**.

181 Du versuchst, das Schloss der Gasthaustür mit deinem Dolch zu öffnen. Als dies misslingt, kommt dir eine andere Idee: Vom Rand der Höhle holst du dir zwei herabgefallene lange Tropfsteine, von denen du Bolko einen in die Hand drückst. Ihr rammt die spitzen Felslanzen ober- und unterhalb des Schlosses in den Türspalt und versucht, die Tür mit vereinten Kräften aus den Angeln zu hebeln. Während ihr noch ächzend vor euch hinwerkelt, dringt plötzlich ein Klicken aus dem Schloss. Dann fliegt völlig unerwartet die Tür nach innen auf, und ihr stolpert vorwärts – auf zwei gespannte Armbrüste zu, die genau in eure Gesichter zielen! Verdattert willst du dem Zwerg und der Zwergenfrau auf der anderen Seite der tödlichen Waffen euer Verhalten erklären, doch die beiden geben euch keine Gelegenheit dazu: Mit den Nerven am Ende aufgrund der ständigen Bedrohung durch Geister, Stollentrolle und anderes Gelichter, drückt das Wirtsehepaar ohne zu zögern ab! Das sirrende Geräusch einer auslösenden Armbrust ist das Letzte, was du in diesem Leben hörst. Dein Abenteuer endet hier.

182 »Lauf um dein Leben!«, schreist du Bolko zu und rennst los. Die Todesangst mobilisiert eure letzten Kraftreserven. Beim Laufen jedoch wird dir klar, dass selbst der schnellste Sprinter ein leichtes Opfer für den Riesensaurier sein muss – zumindest solange er versucht, *seitlich* an der Bestie vorbeizurennen. Dir kommt eine tollkühne Idee! »Unter seinen Beinen durch!«, brüllst du. »Auf der anderen Seite der Höhle ist eine Stollenöffnung, zu klein für das Biest!« Du änderst die Richtung und hältst genau auf den Hybridocus zu. Die Echse reißt den Kopf in die Höhe und schickt erneut ihr furchterregendes Gebrüll zur Höhlendecke empor ... **Befrag das Schicksal:** Erhältst du ᛝ, weiter bei **136**, ist das Ergebnis eine andere Rune, weiter bei **211**.

183 Trotz des Rüttelns gelingt es Bolko, den rostigen Hebel mit beiden Händen zu packen und daran zu ziehen. Du beißt die Zähne zusammen in Erwartung eines ohrenbetäubenden Quietschens und hältst dich vorsichtshalber an den Rändern der Metallwanne fest. Doch nichts geschieht. Irritiert blickst du auf – und stellst entsetzt fest, dass dein Vetter den rostigen Hebel in der Hand hält!
»Ab... abgebrochen«, stottert er, kaum zu verstehen über dem Poltern der Lore, die indessen weiter an Geschwindigkeit zulegt. Als unscharfer Schemen rasen die dunklen Mäuler zweier Stollenöffnungen an euch vorbei. Willst du es wagen, in voller Fahrt abzuspringen, weiter bei **168**. Ist dir dies zu gefährlich, weiter bei **45**.

184 Du legst die Hände wie einen Trichter vor den Mund und rufst einen Gruß in die Grube hinunter. Deine Worte hallen in dem weiten Hohlraum unheimlich wider. Sonst geschieht nichts. Du rufst erneut, verkündest, dass ihr Gesandte des Zwergenkönigs seid und die Minen in seinem Auftrag nach dem Ursprung des Geisterspuks durchforstet. Diesmal hast du den Eindruck, ein verhaltenes Rascheln und Grunzen vom Boden der Grube zu hören. Du erahnst eine huschende Bewegung in den Schatten, wie von mehreren geduckten, blassen Gestalten. Aber ganz sicher bist du nicht.

Dein Vetter zuckt unbesorgt die Achseln. »Ach, die werden eben ihre Grillwürste nicht teilen wollen. Aber das müssen sie natürlich – immerhin sind wir tapfere Helden im Dienste des Königs!« Er macht sich an einer der Strickleitern am Rand der Grube zu schaffen. Gehst du ihm dabei zur Hand (weiter bei **225**), oder bestehst du darauf, zur letzten Kreuzung zurückzukehren und dort nach rechts (**39**) oder nach links abzubiegen (**50**)?

185 Nach einer Weile weicht die Wand zu deiner Linken zurück. Der bisherige Weg verläuft als schmaler Sims entlang der rechten Wand weiter geradeaus, während es links ein halbes Dutzend Meter senkrecht in die Tiefe geht. Am Fuß einer steilen Backsteinwand, die über und über mit verschlungenen Efeuranken bewachsen ist, liegt eine ovale Höhle, in die zwei Gänge münden. Du überlegst gerade, ob ihr an den Schlingpflanzen hinabklettern und einen der Tunnel erforschen sollt, da vernimmst du ein mehrstimmiges Knurren aus einer der Öffnungen, das rasch näher kommt. Damit hat sich die Sache erledigt: Du nimmst Bolkos Hand und geleitest ihn behutsam den geländerlosen Sims entlang, bis ihr die gegenüberliegende Tunnelöffnung erreicht. Weiter bei **120**.

186

Trägst du einen Schutzhelm mit Kinnriemen auf dem Kopf? Wenn ja, weiter bei **104**, wenn nicht, bei **91**.

187

Ihr betretet ein großes, ehemals prunkvoll eingerichtetes Arbeitszimmer, das von einem mächtigen, aus schwarzem Onyx gehauenen Schreibtisch beherrscht wird. An den Wänden hängen Ölgemälde mit verblassten Landschaftsmotiven, dazwischen eine gerahmte Urkunde mit amtlichen Stempeln und dem Siegel des Königs. Wie schon im Vorzimmer ist auch hier alles mit Staub bedeckt und seit ungezählten Jahren nicht mehr in Benutzung. Zwei Türen gehen von diesem Raum ab: eine große,

aus Stein gehauene Pforte in der rechten Wand sowie eine schmale Tapetentür direkt hinter dem Schreibtisch. Stöhnend lässt sich Bolko auf einen gepolsterten Lehnstuhl plumpsen, von dem sofort eine dicke Staubwolke emporschießt. »Meine Füße sind platt wie Pfannkuchen«, klagt er. Dann, mit hörbarer Gier in der Stimme: »Hmmm … Pfannkuchen!«
Möchtest du deinem Vetter etwas Gutes tun und ein wenig hier verweilen, könntest du, während er sich ausruht, den Schreibtisch inspizieren (weiter bei **74**). Möchtest du eure Suche nach dem Ursprung des Spuks lieber umgehend fortsetzen, musst du dich entscheiden zwischen der steinernen Pforte (**151**) und der Tapetentür (**205**).

188 Ihr folgt dem Gang, dessen Wände immer rauer und rissiger werden. Die Holzbalken, die die Decke tragen, wirken verrottet, wie von Witterungseinflüssen zerfressen, und die Deckenröhre mit der Phosphorade ist an zahlreichen Stellen undicht; dicke Tropfen grün leuchtender Flüssigkeit tropfen träge zu Boden. Plötzlich vernimmst du irgendwo vor dir ein leises, schlürfendes Geräusch! Du bleibst stehen, worauf Bolko, der nichts gehört hat, prompt von hinten gegen dich stolpert. »Was ist los?«, will er wissen. »Warum geht's nicht weiter?« Verfügst du über das Talent *Tiersprache*, weiter bei **121**. Besitzt du diese Gabe nicht, bei **13**.

189

»Sieht aus, als ginge es hier in einen sehr alten, nicht mehr genutzten Bereich des Bergwerks«, vermutest du und spähst durch den mit Spinnweben verhangenen Torbogen, hinter dem sich ein von Schutt und Unrat gesäumter Tunnel erstreckt. Erneut weht aus der Ferne ein hohes, durchdringendes Heulen heran. Bolko schaudert es, und er späht hilfesuchend den bisherigen Gang entlang in der Hoffnung auf eine verlockendere Möglichkeit für euren weiteren Weg. Doch geradeaus scheint die Beleuchtung defekt zu sein, man kann nur erahnen, dass der Tunnel in einiger Entfernung eine Biegung nach rechts beschreibt. Und … blitzen da nicht faustgroße Raubtieraugen in den Schatten? Mit einem glucksenden Schrei springt dein Vetter über die morschen Holzreste hinweg und in die uralte Gangöffnung hinein – du musst dich beeilen, ihm zu folgen. Weiter bei **52**.

190 Die Planke knirscht verräterisch unter deinem Fuß, aber sie hält. Tief unter dir setzt das Heulen für einen Moment aus, um dann umso schriller und unheimlicher wieder aufzubranden. Willst du als Nächstes auf die dritte Planke treten (weiter bei **14**) oder diese auslassen und einen großen Schritt hin zur vierten machen (**204**)?

191 Der Gang ist breit und gut ausgebaut, die Leuchtröhren an der Decke intakt und voller Phosphorade. Der von unzähligen Stiefelsohlen abgeschabte Boden belegt, dass dies, solange das Bergwerk noch in Betrieb war, ein häufig benutzter Weg gewesen sein muss. Bald kommt auf der rechten Seite eine Tür in Sicht. Über dem Sturz ist ein Schild mit einem runden Symbol angebracht. »Ein Käselaib!« Bolkos trübe Augen leuchten, als er das Zeichen bemerkt. »Da drin ist bestimmt eine Käserei oder so was. Lass uns reingehen!«
Du verdrehst genervt die Augen. »Woher sollten die Zwerge denn hier, tief unter der Erde, Milch bekommen, um Käse daraus zu machen?«
Bolko zögert nur kurz. »Vielleicht melken sie Ratten?«
Willst du die Tür öffnen und sehen, was sich dahinter verbirgt (weiter bei **119**), oder folgst du lieber dem Gang (**63**)?

192 Paffend begeben sich die Zwerge in eine Ecke der Kammer, wo zwei hölzerne Kisten auf dem Boden stehen. Als sie die Deckel lüften, erkennst du voller Ekel, dass in der einen eine schwarz glänzende Spinne sitzt. Ihr Hinterleib ist größer als eine reife Birne! In der anderen kauert ein bläulich schillernder Skorpion, länger als die Hand eines Mannes.

»Das Gezieferduell, will sagen: das Abschließen von Wetten auf den Ausgang eines solchen Kampfes, hat in Gnarling eine lange Tradition«, erklärt einer der Zwerge stolz. »Ihr seht hier eine Felsspinne sowie einen Granitskorpion – Ungeziefer, das einem bei der Arbeit im Bergwerk häufig über die Füße läuft.« Er lacht krächzend und zieht an seiner Pfeife. »Diese Tiere sind natürliche Feinde. Sobald wir die beiden freilassen, werden sie aufeinander losgehen und versuchen, den anderen mit ihrem Gift zu betäuben, um ihn anschließend zu verspeisen. So weit werden wir es natürlich nicht kommen lassen! Wir trennen die Kampfhähne, sobald einer dem anderen sein Betäubungsmittel eingespritzt hat.« Er wirft einen auffordernden Blick in die Runde. »Also: Wer setzt etwas? Wie wär's mit dir, Morphyr?«

Sein Nebenmann nickt, greift in seine Brusttasche und fördert unter erneutem Klimpern zwei untertas-

sengroße, runde Kupferscheiben daraus hervor; beide haben ein Loch in der Mitte und sind mit einem Stück Schnur zusammengebunden. »Eine wunderschöne Handwerksarbeit von großem Wert!« Er sieht dich auffordernd an. »Setzt ihr etwas dagegen?«
Um mitspielen zu können, musst du einen Gegenstand vor dir auf den Tisch legen. (Du kannst alles setzen mit Ausnahme deines Rucksacks und deines Dolches; notiere deine Wahl mit einem Kreuz auf deinem **Abenteuerblatt**.) Dann musst du dich entscheiden, auf welchen der beiden Gegner du setzen willst. »Setz auf den Skorpion!«, raunt Bolko dir mit wissender Miene zu. »Er ist gepanzert und hat einen Giftstachel am Schwanz. Jede Wette, dass er gewinnt!« Bist du ebenfalls dieser Ansicht und wettest auf den Skorpion, weiter bei **42**. Setzt du stattdessen auf die Felsspinne, weiter bei **218**.

193

Du schließt die Augen und lauschst konzentriert in dein Inneres. Fast augenblicklich spürst du die Gegenwart von etwas Großem, Altem, etwas durch und durch Bösem, nicht weit von euch entfernt. Was immer in diesem Tunnel lauert –

es ist absolut tödlich! Sofort drehst du um und läufst, dicht gefolgt von Bolko, zurück zur T-Kreuzung, um dort die andere Richtung einzuschlagen. Weiter bei **69**.

194

Ihr habt etwa die Mitte der mysteriösen Engstelle erreicht, da vernimmst du von oben plötzlich ein verräterisches Knirschen. Du reißt den Kopf hoch – und stößt einen entsetzten Schrei aus! Eure Schritte haben eine Trittfalle ausgelöst, die vermutlich von umherziehenden Stollentrollen dort eingerichtet wurde: Eine Wagenladung schwerer, scharfkantiger Felsbrocken stürzt aus einem getarnten Hohlraum in der Decke auf euch herab! Überprüfe auf deinem **Abenteuerblatt**, wer vorausgegangen ist: Warst du es, weiter bei **186**, war es Bolko, weiter bei **64**.

195

»Tja, eure einzige Chance: vertan!«, ruft der Anführer der Goblinge voller Freude. »So lasst uns mit diesen beiden Narren verfahren, wie es ihnen gebührt!« Schon nähern sich die beiden mit dem Kohlentopf. Du wirfst dich wild hin und her, trittst und beißt um dich, doch ein Schlag auf den Hinterkopf beendet deinen Widerstand abrupt. Du versinkst in gnädiger Bewusstlosigkeit … Als du wieder zu dir kommst, liegst du auf dem abgewetzten Boden des Korridors vor der Tür der Schleiferei. Dein

Kopf schmerzt, merkwürdigerweise vornehmlich an der Stirn, sonst scheint dir nichts zu fehlen. Neben dir erwacht auch Bolko stöhnend aus tiefer Ohnmacht.
»Da haben wir ja noch mal Glück gehabt«, murmelst du und erhebst dich wacklig.
»Findest du? Du solltest dich mal im Spiegel betrachten!«, tönt Bolko und deutet auf deine Stirn. Als du sie daraufhin betastest, sind deine Fingerkuppen voller Blut!
»Was zum ...« Bevor du den Satz beenden kannst, fällt dein Blick auf deinen Vetter: Auf seiner Stirn prangt eine handtellergroße Tätowierung! Sie stellt eine schwarze, verästelte Rune dar, die du noch nie gesehen hast und deren Sinn dir selbst das Talent *Schriftenkunde* (falls du es besitzt) nicht erschließt. Die Zeichnung ist ganz frisch, kleine Blutströpfchen kleben wie Schweißperlen auf der geröteten Haut.
Bolko bemerkt deinen starren Blick und heult auf wie ein geprügelter Hund: »Ich auch? *Neiiiin* – mein wunderschönes Gesicht! Wie soll ich das bloß meinen Eltern erklären?«
Als dir klar wird, was die Goblinge euch angetan haben, hämmerst du voller Wut gegen die Tür der Schleiferei, hinter der du gedämpftes Gelächter vernehmen kannst. Doch sie ist fest verriegelt und bleibt es auch; offenbar haben die Goblinge kein Interesse mehr an

euch. Euch bleibt nichts anderes übrig, als euch das Blut abzutupfen und weiterzugehen. (Vermerke auf deinem **Abenteuerblatt**, dass du fortan eine Tätowierung in Form einer rätselhaften Rune auf der Stirn trägst.) Weiter bei **63**.

196

Zögernd kletterst du hinter deinem Vetter in die eckige Wanne. Geröll und faustgroße Steinbrocken liegen auf dem Boden der Lore, es ist staubig und unbequem. »Los geht's!« Bolko langt über den Rand und löst den Hebel der Feststellbremse. Nach mehrmaligem Rucken setzt sich die Lore in Bewegung, langsam zunächst, dann immer schneller. »Juchhuuu!«, übertönt Bolko ausgelassen das Rumpeln und Quietschen des Gefährts, und du fragst dich nicht zum ersten Mal, ob ihm der Ernst eurer Mission eigentlich klar ist. Sekunden später erweitert sich der Stollen zu einer großen Kreuzung. Bevor du dir die abzweigenden Tunnel jedoch genauer ansehen oder auch nur die Beschriftung des uralten Wegweisers neben dem Gleis entziffern kannst, seid ihr bereits vorbeigedonnert. Und ihr werdet immer schneller! »Halt dieses Höllending sofort an!«, schreist du.

»Ich versuch's!«, brüllt Bolko und packt den Bremshebel. **Befrag das Schicksal:** Erhältst du ᛦ oder [Rune], weiter bei **51**, bei einer anderen Rune weiter bei **183**.

197 Kurze Zeit später öffnet sich der Tunnel mit dem Wasserlauf zu einer weiten Höhle. Im diesigen Licht großer Glimmeritbrocken in der Decke erkennst du auf eurer Seite des Flusses ein verzweigtes Netz stählerner Gleise, auf dem Bergwerksloren vergessen herumstehen. Ein Stück entfernt gibt es einen klobigen Lagerschuppen, dahinter ragen wie urzeitliche Drachenskelette mehrere hölzerne Kräne in die Höhe. »Hmm, offenbar ein Verladebahnhof für das geförderte Silber«, murmelst du.

»Wie verlassen alles wirkt ...« Bolko sieht sich nervös um. »Irgendwie *geisterhaft*, findest du nicht?«

Bevor du etwas erwidern kannst, vernimmst du ganz in der Nähe ein Geräusch. Offenbar ist eure Ankunft nicht unbemerkt geblieben! Weiter bei **147**.

198 Du kniest vor einem der Rechtecke nieder und ziehst das Tuch fort. Darunter kommt ein großformatiges Ölgemälde zum Vorschein. Es stellt eine von Fackeln erhellte Szene in einem Thronsaal dar: Zahllose dämonische Gestalten knien vor einer gehörnten, scheußlich anzusehenden Kreatur, die ihre Tentakelarme in einer besitzergreifenden Geste über ihren Untertanen ausstreckt. Während du noch die erschreckend realistischen Details des Gemäldes betrachtest, hast du plötzlich den Eindruck, dass es immer dunkler in der Kammer wird. Schon ist das Gemälde verschwunden, und als du erschrocken rückwärtstaumelst, stößt du dir in der Finsternis heftig den Kopf an der Wand. Verzweifelt rufst du nach Bolko, der besorgt zu dir in die Kammer eilt. Doch du kannst nur noch seine Stimme hören – denn du bist blind! Der Anblick des Gemäldes, das mit einem schrecklichen Fluch belegt war, hat dir für immer das Augenlicht geraubt. Verzweifelt klammerst du dich an der Schulter deines Vetters fest, der dich nun irgendwie aus dem Stollenlabyrinth zurück in die Freiheit führen muss. Ganz gleich, ob ihm dies gelingt und du die Minen von Gnarling je lebendig verlässt – dein Abenteuer ist hiermit beendet.

199 Der Gang endet nach wenigen Metern an einer soliden Holztür. Ohne auf Bolkos Einwände zu achten, drückst du die Klinke. Die Tür ist unverschlossen. Dahinter liegt eine roh behauene Kammer, deren ganze Einrichtung aus einem Arbeitstisch und einer kargen Liege mit ein paar Decken besteht. Es scheint sich um den Aufenthaltsraum eines Vorarbeiters oder Aufsehers zu handeln. Boden und Möbel sind mit Staub bedeckt und wirken alles andere als gepflegt. Möchtest du dieses Zimmer dennoch genauer unter die Lupe nehmen (weiter bei **3**), oder kehrst du lieber zum Haupttunnel zurück, um dort dem Schienenstrang abwärts zu folgen (**70**) oder – falls du das noch nicht getan hast – den gegenüberliegenden Förderschacht zu erkunden (**212**)?

200 Du rennst wie der Teufel und schaffst es gerade noch, aus dem einstürzenden Bereich zu entkommen, bevor die Decke dich unter sich begräbt. Wie durch ein Wunder ist auch Bolko schnell genug, und aus sicherer Entfernung verfolgt ihr, wie ein Teil des Tunnels mit Getöse in sich zusammenstürzt. Mit den Staubwolken legt sich bald darauf auch das unheimliche Heulen. Erleichtert, dass euch nichts passiert ist, setzt ihr euch wieder in Bewegung. Wenig später wird der Tunnel von einem rauschenden Fluss unterbrochen. Auf eurer Seite gibt es einen schmalen vorstehenden Felssims, der parallel zum Wasser entlangführt. Du spähst in beide Richtungen und machst zur Linken, ein Stück flussaufwärts, ein schwaches Licht aus. Kurzerhand schlagt ihr diese Richtung ein. Weiter bei **197**.

201 Du wendest deine besondere Fähigkeit an, und sofort spürst du, dass es sich bei der Wahrsagerin um eine fraglos etwas heruntergekommene, aber grundehrliche Vertreterin ihrer Zunft handelt. Viel ausgeprägter noch als du verfügt sie über die Gabe, Ereignisse in der Zukunft vorherzusehen – oder Ereignisse einer möglichen Zukunft, die sich unter gewissen Umständen so zutragen könnten. Du beschließt, es auf einen Versuch ankommen zu lassen. Weiter bei **66**.

202 Gyrolph führt euch auf einen Platz am Fuß eines mächtigen Berges, der dicht hinter der Stadt aufragt. In die Felswand ist ein massives, mit breiten Metallbändern verstärktes Flügeltor eingelassen. Ein stählernes Gleis windet sich unter der ge-

schlossenen Pforte hindurch ins Freie, das normalerweise zum Abtransport von Schutt und Silber dient. Momentan stehen allerdings nur einige leere Bergwerksloren verlassen auf dem Vorplatz herum.
Ein Dutzend bewaffneter Zwerge hält vor dem Eingang Wache, vermutlich, damit die vom König erwähnten Stollentrolle oder andere unliebsame Zeitgenossen nicht auf die Idee kommen, das Bergwerk zu verlassen und der Zwergenstadt einen Besuch abzustatten. Während Gyrolph einige Worte mit den Kriegern wechselt, schaust du zum Himmel hinauf – vermutlich zum letzten Mal für lange Zeit. Deinem Vetter sind solche Gedanken wie üblich fremd: Kaum drücken die Wachmänner einen der Torflügel auf, hopst Bolko auch schon pfeifend hindurch.
Die Eingangshalle der Mine ist größer, als du erwartet hättest. Hoch über deinem Kopf, wo roh behauene Felswände sich wie das Dach einer Kathedrale wölben, sind dicke Glimmeritbrocken eingelassen, die ein grünliches Dämmerlicht verströmen. Der Schienenstrang am Boden verschwindet in einer gähnenden Tunnelöffnung am entgegengesetzten Ende der Halle. Irgendwo über dir vernimmst du das Flattern ledriger Schwingen, möglicherweise Fledermäuse.
»Wenn ihr dem Geisterspuk ein Ende bereitet habt, klopft ihr ein bestimmtes Signal an dieses Tor. Dann

lassen die Wachen euch wieder hinaus.« Während er euch das Klopfzeichen erklärt, tritt Gyrolph unruhig von einem Fuß auf den anderen. Kaum habt ihr euch verabschiedet, schlüpft der Zwerg erleichtert zurück ins Freie. Donnernd schließt sich das riesige Tor hinter ihm – ihr seid allein!

Zögernd machst du einige Schritte vorwärts. Im grünen Zwielicht erkennst du eine niedrige, stählerne Tür in der linken Wand der Halle. Als du dich ihr näherst, vernimmst du dahinter gedämpftes Stimmengewirr. Sofort geht Bolko hinter deinem Rücken in Deckung.

»D-Der Spuk?«, haucht er.

Ungläubig schüttelst du den Kopf. Die Stimmen hören sich wie die gewöhnlicher Menschen oder Zwerge an. Willst du die Tür öffnen und nachsehen, wer sich dahinter verbirgt (weiter bei **178**), oder bist du dafür, zunächst die Eingangshalle genauer zu untersuchen (**58**)? Reizen dich beide Aussichten nicht, kannst du auch ohne Umschweife in die Minen eindringen, indem du dem Schienenstrang durch die Tunnelöffnung folgst (**230**).

203 Hinter dem Totenschädeldurchgang führt der Tunnel kurz weiter, dann tretet ihr durch ein identisch gestaltetes Tor in eine große Grotte. Hier bietet sich euch ein beeindruckendes Bild: Aus dem hügelig gewellten Grund ragen unzählige grob behauene Steinplatten und Kreuze empor. Viele stecken schief im Boden, wie Zähne in einem riesenhaften, ungleichmäßigen Gebiss. Die einzige Lichtquelle, ein riesenhafter Glimmeritbrocken in der Mitte der Höhlendecke, steht wie ein Mond über den Reihen der Grabsteine und überzieht die gespenstische Szenerie mit einem blassen Schein. »Ein Friedhof«, stammelt Bolko. »Wer hätte hier unten mit so was gerechnet?«

»Bei der Arbeit unter Tage kommen wohl zuweilen Zwerge ums Leben«, erwiderst du zögernd. »Hier können sie im Kreise ihrer Freunde und Kollegen beigesetzt werden.«

»Mir verursacht dieser Ort eine Gänsehaut«, gibt Bolko zu. »Lass uns umkehren und zur letzten Abzweigung zurückgehen.«

Du bist versucht, deinem Vetter zuzustimmen, doch dann fällt dir etwas ein. »Wir sind hier, um den Ursprung einer Spukerscheinung zu ergründen«, erinnerst du ihn. »Welcher Ort könnte geeigneter dafür sein als ein Friedhof?« Du deutest zum entfernten

Ende der Grotte hinüber, wo eine Stollenöffnung zu erkennen ist. »Lass uns einmal quer drüberwandern. Wenn wir nichts Interessantes entdecken, können wir durch diesen Tunnel weitergehen.«
Ohne Begeisterung willigt Bolko ein, und ihr marschiert los, durch ein Meer aus Kreuzen und Grabsteinen. Im schwachen Licht des Glimmerit-Mondes entzifferst du einige der Inschriften. Interessanterweise scheinen sämtliche auf diesem Friedhof beigesetzten Zwerge vor über 700 Jahren verstorben zu sein; du findest kein einziges jüngeres Grab. Gerade willst du zu einer diesbezüglichen Bemerkung ansetzen, da stockt dir der Atem: In einer kleinen Senke, direkt vor euch, richtet sich ein riesenhafter dunkler Umriss zwischen den Gräbern auf! Du blinzelst ungläubig, doch an dem verstörenden Anblick ändert sich nichts: Ein zottiger, grauer Stollentroll von der Größe einer jungen Eiche erhebt sich dort vom Boden, wo er mit seinen gewaltigen Pranken mehrere Ruhestätten geöffnet und nach kostbaren Grabbeigaben durchstöbert hat. Du hörst ein ekelhaftes Schnüffeln, dann fährt der schwere Schädel des Trolls herum – er hat euch entdeckt! Brüllend stürmt der Koloss die Anhöhe hinauf, direkt auf euch zu. Wie reagierst du?
– Du wirfst ihm eine Portion getrocknetes Pökelfleisch vor die Füße (falls du welches besitzt)? Weiter bei **59**.

– Du steckst einen schmucklosen Silberring an deinen Finger (falls du einen hast)? Weiter bei **246**.
– Du zückst eine Kette mit einem geheimnisvoll glühenden Amulett (falls du eine besitzt) und schleuderst sie dem Monster entgegen? Weiter bei **90**.
– Du nimmst die Beine in die Hand, schlägst einen Bogen um den Troll und versuchst, die Stollenöffnung am anderen Ende der Grotte zu erreichen? Weiter bei **6**?

204 Behutsam senkst du deinen Fuß auf die verstaubte Holzplanke … Weiter bei **169**.

205 Die schmale Tür hinter dem Schreibtisch ist verschlossen. Obwohl sie ziemlich klapprig aussieht, lässt sie sich auch unter größter Kraftanstrengung nicht öffnen. Besitzt du einen kleinen Silberschlüssel und möchtest versuchen, ob er hier passt, weiter bei **139**. Hast du keinen, kannst du das Büro entweder durch die steinerne Tür verlassen (weiter bei **151**) oder durch das Vorzimmer nach draußen gehen und dem Weg, den ihr gekommen seid, zurück zur letzten Abzweigung folgen (**94**).

206 Ihr betretet einen lang gezogenen, rechteckigen Raum, in den eine weitere Tür aus schwarz poliertem Holz mündet. Am entgegengesetzten Ende erkennst du ein hohes Doppeltor, dessen Flügel mit kunstvollen Schnitzarbeiten verziert sind. »Au, schick – ein Bodenmosaik!« Bolko deutet vor eure Füße. Der Boden des Raums ist vollständig mit einem komplizierten Muster aus bunten, sechseckigen Fliesen bedeckt. Im Licht einer halb gefüllten Phosphoraderöhre an der Decke kannst du erkennen, dass es insgesamt vier Farben gibt: Gelb, Grün, Rot und Schwarz. Obwohl der Raum völlig leer ist und nirgendwo Anzeichen für Gefahr zu erkennen sind, befällt dich bei der Betrachtung des Musters eine merkwürdige Unruhe, als läge ein unheilvoller Fluch über diesem Ort …

»Worauf warten wir?«, tönt Bolko. »Die Doppeltür da hinten sieht vielversprechend aus!« Er macht Anstalten, geradewegs über das Mosaik zu marschieren. Lässt du dies zu (weiter bei **115**), oder hältst du ihn zurück, um an seiner Stelle zu dem Tor hinüberzugehen? In diesem Fall musst du dich entscheiden, auf was für eine Bodenfliese du deinen Fuß zuerst setzen möchtest:

– eine schwarze (**27**)?

– eine gelbe (**160**)?

– eine grüne (**217**)?

– eine rote (**72**)?

207 Bald erreicht ihr eine schmale, schmucklose Tür auf der linken Seite des Ganges. Als du stehen bleibst, um sie dir genauer zu betrachten, stellst du fest, dass durch die Ritzen ein ausgesprochen unangenehmer Geruch dringt: Es stinkt süßlich und verfault. Bolko hält sich demonstrativ die Nase zu. Möchtest du die Tür trotzdem öffnen (weiter bei **71**), oder folgst du lieber dem Gang (**114**)?

208 Mit der Spitzhacke gelingt es dir, die Geröllbrocken so weit zu zerkleinern, dass ihr sie mit vereinten Kräften beiseitewuchten könnt. Es ist eine Knochenarbeit, die von der Enge und dem Staub in der Luft noch erschwert wird. Aber euer Wille zu überleben verleiht euch ungeahnte Kräfte. Nach ein paar Stunden habt ihr den Geröllberg vor euch so weit abgetragen, dass ihr durch eine schmale Lücke ganz oben auf die andere Seite spähen könnt … das Gangstück jenseits der eingestürzten Passage ist intakt! Ihr quetscht euch hindurch, und nach einer kurzen Verschnaufpause folgt ihr dem Stollen bis zu einer Kreuzung. Ein breiter Gang mit einem eisernen Schienenstrang verläuft quer zu eurem Weg. Nach links weist er ein starkes Gefälle auf, rechts dagegen steigt er merklich an, scheint in Richtung des Großen Südtors zurückzuführen; diese Richtung scheidet damit aus. Wendet ihr euch nach links (weiter bei **105**), oder folgt ihr dem gegenüberliegenden Stollen geradeaus (**17**)?

209 In der Innentasche des Waffenrocks eines der beiden Skelette findest du einen plumpen, aus Bronze gefertigten Schlüssel, den du mitnehmen kannst (vermerke ihn auf deinem **Abenteuerblatt**). Das zweite Skelett hat ein Stück aufgerolltes Pergament in seiner Brusttasche. Du rollst es auseinander, doch es ist in den verschnörkelten Runen der Zwerge beschrieben. Verfügst du über das Talent *Schriftenkunde?* Wenn ja, weiter bei **2**. Hast du diese besondere Gabe nicht, steckst du das Pergament dorthin zurück, wo es war. Wenn du jetzt mit dem schwarzen Läufer den weißen König auf dem Schachbrett matt setzen willst, weiter bei **48**. Verlässt du die Kammer lieber, kannst du dich draußen der gegenüberliegenden Tür zuwenden (**24**) oder dem Korridor zurück zur letzten T-Kreuzung folgen und dort die andere Richtung einschlagen (**83**).

210 Mithilfe deiner Gabe kannst du die fremde Schrift auf dem Schild mühelos entziffern. Es besagt: *Zur Geburtsstätte des Ybbs.* Während Bolko wie üblich ein dümmliches Gesicht macht, erinnerst du dich, dass es sich beim Ybbs um einen Fluss handelt, der unterirdisch im Gebirge von Phmek entspringt und quer durch die Minen von Gnarling fließt. Möglicherweise weist das Schild den Weg zu seiner Quelle? Tatsächlich bildest du dir ein, ein entferntes Rauschen zu hören. Kurzerhand beschließt du, der Abzweigung zu folgen. Weiter bei **137**.

211 Höher und höher ragt der geschuppte Leib des Urzeitkolosses vor dir auf – da schießt plötzlich ein dunkler Schatten von oben auf dich herab! Du siehst faustgroße Augen, in denen eine boshafte Intelligenz glitzert, zwei Reihen dolchartiger Reißzähne klaffen auseinander, nach Fäulnis stinkender Raubtieratem hüllt dich ein … Dein Ende ereilt dich schnell und schmerzlos.

212 Nach diversen Windungen endet der enge Förderschacht an einer überstürzt aufgegeben Schürfstelle. Pickel, Hämmer, Meißel und faustgroße Gesteinsbrocken mit silbrigen Einschlüssen liegen verstreut auf dem Boden herum. »Hab dir doch gleich gesagt, dass wir hier nichts finden, was uns weiterhilft«, quengelt Bolko und macht kehrt. Zurück im Hauptstollen musst du entscheiden, ob du jetzt die gegenüberliegende Abzweigung erkunden willst, falls du das noch nicht getan hast (weiter bei **199**), oder lieber dem breiten Tunnel mit dem Gleisbett in die Tiefe folgen möchtest (**70**).

213 Der Schlüssel passt. Hinter der dicken Tür liegt ein kleiner, viereckiger Raum voller Fässer, Kisten und Regale. Die Fässer sind mit einem feinen schwarzen Pulver gefüllt, aus den Kisten ragen daumendicke Stangen hervor, die an Kerzen erinnern. Als du in den Regalen dicke Rollen mit teergetränkten Zündschnüren entdeckst, wird dir klar, wo ihr gelandet seid: Dies ist ein Sprengstoffmagazin! Hier bewahren die Zwerge alles auf, was sie benötigen, um Höhlen und Stollen in jene Teile des Berges zu sprengen, die zu hart für ihre Pickel und Hämmer sind. Probehalber nimmst du eine der Stangen in die Hand; gewiss ließe sich damit eine gewaltige Explosion auslösen. Wenn du möchtest, kannst du eine Stange Sprengstoff und etwas Zündschnur einstecken (vermerke beides auf deinem **Abenteuerblatt**). Dann verlässt du gemeinsam mit Bolko die Kammer. Ihr kehrt zur T-Kreuzung zurück und folgt ihrem anderen Arm nach **83**.

214 »Wir können euch nicht viel mitgeben, da wir nicht wissen, wie lange wir selbst noch hier ausharren müssen«, sagt Veronda bedauernd. »Aber nehmt dies. Es wird euch eine Weile auf den Beinen halten – hoffentlich lange genug, damit ihr diesem unseligen Spuk ein Ende bereiten könnt!« Die Zwergenfrau überreicht dir ein Paket mit Pökelfleischstreifen. Bolkos gierigen Blick ignorierend, verstaust du den Proviant in deinem Rucksack (notiere das Pökelfleisch auf deinem **Abenteuerblatt**). Anschließend verabschiedet ihr euch von dem Zwergenpaar und verlasst das Gasthaus, um dem Stollen am anderen Ende der Höhle zu folgen. Weiter bei **108**.

215 Es klickt vernehmlich, als die Bolzen im Innern des Schlosses nachgeben, dann kannst du die schwere Tür öffnen. Hastig drängt sich Bolko mit dir hindurch – und erstarrt! Hinter der Tür befindet sich ein großer, quadratischer Raum, dessen Wände bis unter die Decke mit Regalen gefüllt sind. Hier gibt es alles, was man in einem Bergwerk für die tägliche Arbeit benötigt: Spitzhacken, schwere Hämmer, Schutzhelme, Ballen mit Seil, stapelweise robuste Kleidung, Kisten und Fässer unbekannten Inhalts und vieles mehr. Was Bolko und dich mit offenem Mund dastehen lässt, ist jedoch etwas anderes: All die

eingelagerten Waren, die eigentlich friedlich in ihren Regalreihen liegen sollten, *schweben frei in der Luft* – einige nur eine Handbreit oberhalb der Bretter, andere mitten im Raum!
Mit einem wimmernden Laut dreht sich Bolko um und rennt zurück auf den Flur. Du verspürst den Drang, ihm zu folgen, doch dir ist klar, dass du jetzt erstmals die Gelegenheit hast, den Geisterspuk, der den Minenbetrieb lahmgelegt hat, genauer zu untersuchen. Und *noch* machen die schwebenden Gegenstände ja auch keine Anstalten, dich zu bedrohen, sie hängen einfach nur leicht schwankend in der Luft. Wagst du es, einen davon mit der Hand zu berühren, um zu sehen, was geschieht (weiter bei **40**)? Oder gehst du auf Nummer sicher, folgst deinem Vetter und entfernst dich mit ihm möglichst rasch von hier (**124**)?

216

Im Vertrauen auf die magische Wirkung des Amuletts lässt du es an seiner Kette mehrmals über dem Kopf kreisen. Dann lässt du los! In hohem Bogen fliegt das glitzernde Schmuckstück auf den Riesensaurier zu … Der Hybridocus schlägt mit einem Vorderlauf danach, worauf sich die Kette mehrfach um

eine seiner knöchernen Klauen wickelt. Einen Augenblick lang geschieht nichts. Dann scheint der Körper der Echse plötzlich zu verschwimmen, unscharf zu werden – sie beginnt sich zu verwandeln!
Als der Prozess Sekunden später beendet ist, glaubst du, deinen Augen nicht zu trauen: Vor euch steht ... ein neuer Hybridocus! Seine Färbung unterscheidet sich von der des ersten, doch an seiner furchterregenden Größe und den todbringenden Zähnen und Klauen hat sich nichts geändert. Enttäuscht begreifst du, dass du dein magisches Amulett umsonst geopfert hast (streiche es von deinem **Abenteuerblatt**). Schon hat sich der Gigant von seiner Überraschung erholt und kommt brüllend auf euch zu! Womit willst du versuchen, euch zu retten (falls du es besitzt): mit einem Schraubtiegel voll magischem Staub (weiter bei **154**) oder einer Stange Sprengstoff (**57**)? Hast du nichts von beidem, weiter bei **182**.

217 Ganz langsam senkst du deinen Fuß auf die Fliese, die du dir ausgesucht hast ... Lies weiter bei **27**.

218 Kaum hast du euren Tipp abgegeben, da kippen die Zwerge die beiden Kisten auf die Seite. Angewidert beobachtest du, wie die Spinne und der Skorpion herauskrabbeln. Zunächst sind die Tiere verwirrt, machen Anstalten, zwischen den Beinen der Zwerge hindurch in die Freiheit zu huschen. Dann jedoch erblicken sie sich und nehmen augenblicklich Kampfstellung ein: Die Spinne duckt sich sprungbereit an den Boden, der Skorpion reckt seinen langen, gebogenen Schwanz mit dem spitzen Stachel. Wachsam umkreisen die Widersacher sich ... da plötzlich unternimmt der Granitskorpion einen Ausfall: Sein Schwanz zuckt vor, der giftige Stachel sticht zu – daneben!

Bevor er sich zurückziehen kann, macht die Felsspinne einen blitzartigen Satz und schlägt ihre Kieferzangen in den Nacken ihres Gegners. Als sich die Bewegungen des Granitskorpions immer mehr verlangsamen, bis er sich gar nicht mehr rühren kann, begreifst du, dass die Spinne gesiegt hat – und du gewonnen! Mit einem Stock treibt ein Zwerg die Spinne zurück in ihre Kiste, bevor sie ihrer Beute weiter zu Leibe rücken kann. Weiter bei **102**.

219 Plötzlich ertönt aus dem Gang zu deiner Rechten ein lautes, schnüffelndes Geräusch. Ein unappetitliches Schmatzen folgt, dann ein Trippeln und Trappeln wie von zahlreichen Beinen auf felsigem Untergrund. *Wahrscheinlich Ratten, die* *von unserem Kloakenduft angelockt werden*, denkst du bei dir. Als du jedoch siehst, was da tatsächlich aus dem Halbdunkel der Stollenöffnung auftaucht, stellen sich dir die Nackenhaare auf: Auf zehn knochigen, mehrfach abgewinkelten Beinen kommt ein riesiger, grün schillernder Käfer herangerast, größer als ein Bär! Ganz vorne am Kopf des Monstrums sitzt eine Art Rüssel, mit dem es gierig die von deiner Kleidung aufsteigenden Dünste einsaugt. Darunter schnappen messerscharfe Kieferscheren auf und zu … Weiter bei **28**.

220 Nach einem kurzen Fußmarsch endet der Gang in einer Höhle, durch die ein breiter Fluss rauscht. Er ist zu breit zum Hinüberspringen, und die starke Strömung lädt auch nicht dazu ein, das andere Ufer schwimmend zu erreichen. Den einzigen Weg nach drüben stellt ein sonderbares Gebilde dar, das direkt vor euch aus den gischtenden Fluten ragt: Es sieht aus wie ein Damm, ein von Ufer zu Ufer reichender Haufen aus bleichen Ästen, modrigen Brettern und anderem Unrat. Das Gebilde ist nicht massiv genug, um das Flusswasser tatsächlich am Durchfließen zu hindern, aber möglicherweise hält es euch aus, wenn ihr hinüberklettert? Während du noch überlegst, hat Bolko an der breiten Öffnung im Fels, durch die der Fluss zu eurer Linken in das Gewölbe fließt, etwas entdeckt: Ein schmaler Felssims führt dort wenige Fuß oberhalb der Wasseroberfläche am Ufer entlang. Dein Vetter, wie üblich bestrebt, jede körperliche Anstrengung zu vermeiden, schlägt vor, diesem Weg zu folgen. Stimmst du zu (weiter bei **56**), oder bist du dafür, auf dem eigenartigen Wall aus Abfall auf die andere Seite des Flusses zu kraxeln (**249**)?

221 Du legst einen verzweifelten Spurt hin, doch eines der Skelette ist schneller: Schon steht es vor dir in der Türöffnung und streckt seine knochigen Arme nach dir aus! Du bremst ab, weichst hektisch zur Seite aus – da trifft etwas Hartes deinen Hinterkopf, und alles um dich herum versinkt in Schwärze. Was immer die Skelette mit dir vorhaben, du kannst sicher sein, dass es nichts Erfreuliches sein wird! Dein Abenteuer endet hier.

222 Du schüttelst Bolkos Hand ab und marschierst todesmutig tiefer in die schattigen Tiefen der Halle. Du bist erst ein paar Schritte weit gekommen, da brüllt es erneut markerschütternd, diesmal direkt vor dir! Doch noch immer siehst du nirgendwo etwas ... oder doch? An der Seite des Kohlehaufens nimmst du eine verstohlene Bewegung wahr, dicht über dem Boden. Du eilst hin – und staunst nicht schlecht! Vor dir hockt ein Pelzbündel, kaum größer als ein Igel, und starrt dich aus zwei murmelgroßen Augen ängstlich an. Ein winziger Schnabel öffnet sich in seinem Fell, und heraus dringt das monströse Gebrüll, das dich um ein Haar in die Flucht geschlagen hätte!

Du kannst nicht anders, als vor Erleichterung laut loszulachen. Das Geschöpf ist ein Pibb, eine der harmlosesten Kreaturen von ganz Konduula! Zum Schutz vor Feinden kann das Pibb ein Gebrüll ausstoßen, das die meisten Raubtiere schon aus weiter Ferne in die Flucht schlägt. Du vermutest, dass einer der hiesigen Arbeiter das niedliche Pelzknäuel als Schoßtier gehalten hat; möglicherweise war es das Maskottchen der Gießerei. Als du die Hand ausstreckst, um das Pibb zu streicheln, weicht es dir aus und sucht zwischen den Kohlen Schutz, wobei einige Brocken beiseiterollen. Darunter kommt etwas Glänzendes zum Vorschein, eine Kette aus dicken Stahlgliedern, an der ein Amulett mit einem blutroten Juwel befestigt ist. Offenbar hat jemand dieses Schmuckstück am Fuß des Haufens verloren. Als du es aufhebst, stellst du fest, dass der Edelstein einen eigenartigen Glanz abgibt, beinahe so, als würde er vor Hitze glühen. Wenn du magst, kannst du das Amulett mitnehmen (vermerke es in diesem Fall auf deinem **Abenteuerblatt**). Dann kehrst du zu Bolko zurück, der sich angesichts deines Gelächters schon Sorgen gemacht hat, du könntest den Verstand verloren haben. Du beruhigst ihn, erzählst ihm von dem Pibb, dann verlasst ihr die Gießerei durch die Tür, die Bolko entdeckt hat. Weiter bei **33**.

223 Ein paar Schritte weiter kommt in der rechten Wand des Flurs eine neue Tür in Sicht. Auf der anderen Gangseite zweigt ein Tunnel mit gewölbter Decke nach links ab. Bolko, der sofort interessiert seine Nase in die Öffnung streckt, wird mit einem Mal ganz aufgeregt. »In dieser Richtung riecht's nach Essen! Jede Wette, dass dort jemand einen schönen Schmorbraten im Ofen hat!« Er schaut dich mit gierigem Blick an. Du bezweifelst zwar, dass sich in den Minen momentan noch jemand aufhält – und dass sich dieser Jemand in aller Seelenruhe etwas zu essen brutzelt –, aber wenn du möchtest, kannst du Bolkos Bitte nachkommen und die Abzweigung erforschen (weiter bei **60**). Möchtest du dir stattdessen zunächst die Tür in der rechten Wand vornehmen, weiter bei **130**. Interessiert dich beides nicht, kannst du auch weiter dem Korridor folgen (**180**).

224 Mit eingezogenen Köpfen schleicht ihr durch die enge Röhre im Fels. Ihr kommt an liegen gelassenen Spitzhacken und einem einsamen, zerbeulten Bergarbeiterhelm vorbei, mehr gibt es im schummrigen Licht der Phosphorade nicht zu entdecken. »Lass uns umkehren, hier ist es doof«, quengelt Bolko. »Den Ursprung der Spukerscheinungen finden wir *hier* jedenfalls garantiert nicht!«

Da entdeckst du plötzlich, nur wenige Schritte voraus, etwas Auffälliges: Dutzende runde Löcher klaffen dort in den Stollenwänden, groß genug für einen erwachsenen Mann. »Was mag das sein?« Interessiert nähert sich Bolko einer der pechschwarzen Öffnungen und macht Anstalten, seinen Kopf hineinzustecken. Willst du dich ihm anschließen und die Löcher untersuchen (weiter bei **176**)? Ist dir dieser Ort dagegen nicht geheuer, rufst du deinen Vetter zu dir und kehrst mit ihm zum Haupttunnel zurück. Dort kannst du entweder die Abzweigung auf der anderen Seite erkunden, falls du das noch nicht getan hast (**5**), oder dem Stollen mit dem Gleis weiter abwärts folgen (**140**).

225

Gemeinsam mit Bolko befestigst du eine viele Meter lange Strickleiter an einem Felsblock und wuchtest sie über den Grubenrand. Während des Abstiegs fürchtest du ständig, die hölzernen Sprossen könnten morsch, die alten Seile brüchig sein und unter euch nachgeben, aber ihr habt Glück und erreicht unbeschadet den Grund des Loches. Dort stellt ihr rasch fest, dass eure Ankunft nicht unbemerkt geblieben ist: Aus den Schatten zwischen den Felsen starren euch drei große, leuchtende Augenpaare an! Sekunden später lösen sich drei gebückte Gestalten aus dem Dunkel und umringen euch. Es handelt sich eindeutig um Zwerge, allerdings die ausgemergeltsten, die du je gesehen hast. Ihre fahlweiße Haut sowie die ins Riesenhafte vergrößerten Augen lassen darauf schließen, dass sie bereits seit Langem in der Finsternis vegetieren und sich in dieser Zeit an die hiesigen Lebensbedingungen angepasst haben. Zum Zeichen eurer Friedfertigkeit hebst du die Hände und erkundigst dich vorsichtig bei den Fremden, wer sie seien. Knurrend und kaum verständlich erwidert einer von ihnen, dass ihre Sippe bereits seit 700 Jahren in diesem Abgrund hause! Ihre Vorfahren hätten hier einst unter einem gierigen und skrupellosen Schürfdirektor nach Mondkristall graben müssen. Niemand habe von der geheimen Förderstätte gewusst, deren Erlös der Direktor komplett in seine eigene Tasche gesteckt habe. Irgendwann beschwerten sich die Zwerge über die schlechten Arbeitsbedingungen, woraufhin der Direktor alle Leitern aus dem Loch entfernen ließ; Nahrung für die Arbeiter wurde nur noch im Austausch gegen geförderte Kristalle hinabgelassen. Monate später, als dieser Minentrakt geschlossen wurde, ließ man die Arbeiter einfach in der Grube zurück, da der Schürfdirektor nicht riskieren wollte, dass jemand von seinen Betrügereien erfuhr.

»Du meine Güte! Zurückgelassen, ganz ohne Essen!«, ruft Bolko neben dir aus. »Wovon habt ihr euch denn all die Zeit über bloß ernährt?«

»Oh, es gibt immer Möglichkeiten ...«, krächzt der vorderste Blasshäutige vielsagend. Hinter ihm tauchen plötzlich weitere Gestalten auf, Dutzende blasser Männer und Frauen. Im Handumdrehen sind Bolko und du umstellt. Als du das hungrige Glühen in ihren Augen und die scharf geschliffenen Steinmesser in ihren Händen siehst, weißt du plötzlich, *wovon* sich die eingekerkerten Zwergenarbeiter und ihre Nachkommen all die Jahre ernährt haben müssen und dass es ein schwerer Fehler war, in dieses Loch hinabzusteigen – euer letzter! Dein Abenteuer endet in den Mägen der degenerierten Grubenbewohner.

226

Hinter der Tür liegt ein kleiner, mit Stellwänden in einzelne Abteile untergliederter Raum mit einem halben Dutzend luxuriösen Betten, offenbar ein Schlafraum für Gäste oder wichtigere Mitarbeiter des Bergwergs. Im Licht der Leuchtröhre, das vom Flur hereinfällt, unterziehst du den Raum einer raschen Durchsuchung, wobei du in der Schublade eines Beistellschränkchens eine kleine Schriftrolle entdeckst. Zurück auf dem Gang wickelst du sie auseinander, um zu lesen, was daraufsteht. Du hast Glück: Die handgeschriebene Botschaft ist nicht in Zwergenrunen, sondern im normalen konduulischen Alphabet gehalten und leicht zu entziffern:

An: Abteilung Instandhaltung & Reparaturen

Geschätzter Handwerksmeister Hyndarf,

bereits mehrmals habe ich Euch angezeigt, dass die erste und die vierte Holzbohle der Hängebrücke über die Nachtklamm gefährlich morsch sind. Bitte beseitigt diesen Sicherheitsmangel umgehend, bevor ein Unglück geschieht!

Hochachtungsvoll, Meister Tschybor (Schürfaufsicht, Sektor Ost)

Falls du diese Information für wichtig hältst, notiere sie auf deinem **Abenteuerblatt**. Dann musst du dich entscheiden, ob ihr dem Korridor folgen (weiter bei **128**) oder lieber die gegenüberliegende Tür öffnen möchtet (**68**).

227 Ohne Mühe brecht ihr eine Öffnung in die marode Backsteinwand, groß genug, um hindurchzusteigen. Dahinter liegt ein uralter, im

Zickzack verlaufender Schacht mit zerklüfteten Wänden und einer Decke, die stellenweise nur hüfthoch ist. »Wer immer diesen Gang angelegt hat, er war entweder stockbesoffen oder hoffnungslos bescheuert«, stöhnt Bolko, während ihr auf allen vieren durch eine Engstelle kriecht.

Nach einer Weile wird der Tunnel wieder breiter, bevor er an einer Wand mit Spuren zahlloser Hammer- und Spitzhackenschläge endet. Als du siehst, was überall in dieser Sackgasse verstreut liegt, schnappst du entgeistert nach Luft: Der Boden ist übersät mit weißen Knochen! Ein Schauder rinnt dir über den Rücken – all die Menschen, deren Gebeine du vor dir siehst, müssen einst in diesem Stollen eingemauert worden und qualvoll zu Tode gekommen sein. Hinter dir stößt Bolko ein leises Wimmern aus, doch es wird übertönt von einem wahren Sturm geisterhafter Stimmen, der sich plötzlich erhebt! Unter schrillem Heulen schieben sich gespenstisch glühende Nebelgesichter aus den massiven Felswänden, zerfasernde Nebelarme schlängeln sich auf Bolko und dich zu, versuchen, euch zu greifen!

»Das war's, unser letztes Stündlein hat geschlagen!«, kreischt dein Vetter.

»Vielleicht nicht«, entgegnest du mit mehr Überzeugung, als du tatsächlich empfindest. Hast du auf deinem Weg durch das Bergwerk herausfinden können, welches Unrecht den Verstorbenen, deren rastlose Seelen in den Minen umgehen, widerfahren ist? In diesem Fall *lies weiter bei dem Abschnitt, welcher der Anzahl der damals ums Leben gekommenen Sklaven entspricht!* Weißt du nicht, mit wessen ruhelosen Geistern ihr es zu tun habt, weiter bei **149**.

228

Du rennst wie der Teufel. Für einige Augenblicke glaubst du, dass ihr es schaffen könnt, schon scheint die breite Holzbrücke zum Greifen nah … doch da hörst du hinter dir plötzlich einen quiekenden Schrei. Bolko!

Du kommst nicht mehr dazu, einen Blick über die Schulter zu werfen, denn in derselben Sekunde schließen sich stahlharte Pranken um deine Arme und reißen dich brutal in die Höhe. Ein raubtierartiger Gestank steigt dir in die Nase, während du verzweifelt versuchst, dich aus dem unnachgiebigen Griff zu befreien. Vergeblich! Im Handumdrehen haben die Stollentrolle Bolko und dich zu einem finsteren Alkoven am entfernten Ende der Höhle geschleppt. Dort entzünden sie ein großes Feuer und widmen sich in aller

Ruhe der für Stollentrolle ungemein interessanten Frage, wie viel Schmerzen ein Mensch wohl ertragen kann, bevor er stirbt. Euer Abenteuer endet auf qualvolle Art und Weise!

229

Die Tür schwingt quietschend auf, und ihr betretet einen Raum mit niedriger Decke, der vollständig mit Regalen, Vitrinen und geöffneten Kisten angefüllt ist. Als du in der hinteren Hälfte einen staubigen Tresen mit einem aufgeschlagenen Kassenbuch entdeckst, dämmert dir, dass es sich um ein verlassenes Ladengeschäft handelt. Sofort verschwindet Bolko zwischen den Regalreihen, auf der Suche nach etwas, das er sich zwischen die Zähne schieben kann. Du konzentrierst dich bei deiner Suche auf die unmittelbare Nähe des Verkaufstresens, wo Händler deiner Erfahrung nach gerne ihre kostbarsten Stücke aufbewahren. Ein Regal mit Tiegeln und Töpfchen weckt deine Aufmerksamkeit: In den ersten Gefäßen, die du öffnest, sind lediglich fremdartig riechende Gewürze. Dann jedoch stößt du auf einen verschraubten Tiegel, in dem sich ein geheimnisvoll glitzerndes, feines Pulver befindet. Du steckst probehalber einen Finger hinein – und staunst nicht schlecht: Als du ihn wieder herausziehst, ist er verschwunden! Natürlich ist er nicht wirklich weg, vielmehr hat der magische Staub im Tiegel ihn unsichtbar werden lassen. Die Täuschung hält so lange an, bis du den Finger an deiner Hose abwischst. Begeistert schraubst du den Tiegel zu und steckst ihn in deinen Rucksack. (Vermerke den Staub der Unsichtbarkeit auf deinem **Abenteuerblatt**.) Dein Vetter hat unterdessen – sehr zu seinem Verdruss – nichts zu beißen gefunden; um seinen Hunger zu bekämpfen, kaut er stattdessen auf einem ledernen Schnürriemen herum. Kopfschüttelnd bedeutest du ihm, dir nach draußen auf den Korridor zu folgen. Weiter bei **114**.

230 Der Tunnel hinter der Öffnung ist breit und führt steil in die Tiefe. An den Holzbalken, die die Decke in regelmäßigen Abständen stützen, ist eine lange Röhre befestigt, offenbar aus Glas, durch die eine hellgrün leuchtende Flüssigkeit fließt, die den Stollengang in einen ungesunden Schein taucht. »Das ist Phosphorade«, erklärst du Bolko. »Die Zwerge verwenden diese Leuchtflüssigkeit anstelle von Fackeln, um ihre endlosen Stollen zu erhellen.« Missmutig stolpert dein Vetter durch das grünliche Zwielicht hinter dir her. Seinem Blick ist deutlich zu

entnehmen, dass er seine Entscheidung, den Auftrag des Königs anzunehmen, schon bereut. »Ich wünschte, wir hätten diesen dämlichen Spuk bereits abgestellt«, murmelt er. »Die Aussicht, dass uns hier unten auf Schritt und Tritt irgendwelche heulenden, körperlosen Schatten begegnen können, liegt mir schwerer im Magen als ein zu kurz gekochter Bohneneintopf. Außerdem tun mir die Füße weh!«
Bolko hat noch nicht ausgeredet, da kommt ihr an einer eisernen Bergwerkslore vorbei, die vergessen auf dem Gleis in der Mitte des Ganges steht. Du wirfst einen prüfenden Blick hinein, aber sie ist leer. Dein Vetter indes entdeckt einen langen Hebel an der Vorderseite des rostigen Wagens. »Dieses Ding nennt man Feststellbremse«, erklärt er wichtig. »Wenn wir uns reinsetzten und sie lösen, könnten wir mit diesem Wägelchen ganz gemütlich ein Stück abwärtsrollen. Das würde uns wer-weiß-wie-viele Meter anstrengenden Marsch ersparen!«
Stimmst du zu, den zerbeulten Wagen zu besteigen und die Bremse zu lösen, weiter bei **196**. Ziehst du es vor, zu Fuß weiterzugehen, bei **32**.

231

In hohem Bogen segelst du durch die Luft und stürzt auf den steinigen Boden. Der Aufprall ist hart, aber es gelingt dir, dich ohne nennenswerte Verletzungen über die Schulter abzurollen. Du willst eben den Kopf heben, um zu sehen, wie es Bolko ergangen ist, da verdunkelt plötzlich ein großer, eckiger Schatten dein Blickfeld. Einen Sekundenbruchteil später ist Schwärze alles, was du je wieder sehen wirst – die viele Zentner schwere Eisenlore ist genau auf dich gefallen und hat dich unter sich zerquetscht. Dein Abenteuer endet hier.

232 »Die ältesten Stollen, in denen einst die Schürfarbeit aufgenommen wurde, liegen nördlich von hier«, berichtet Meister Gisy. »Der mittlere von drei Stollen, die draußen von der Höhle abgehen, führt in diese Richtung. Aber die alten Trakte wurden vor etwa 700 Jahren stillgelegt, da sie baufällig und nicht mehr rentabel waren.«

»Und in der Nähe dieses Bereichs sind die Geistererscheinungen erstmals gesichtet worden?«, vergewisserst du dich.

Der Schürfdirektor nickt. »Aber sie sind nicht das Einzige, was einem Besucher dort gefährlich werden kann. In den Jahrhunderten, in denen die Stollen leer standen, haben sich Risse und Verwerfungen gebildet, Öffnungen zu tieferen Hohlräumen sind entstanden ... und *Dinge* sind aus dem Schoß der Erde hervorgekrochen!«

»*Dinge?*«, wiederholt Bolko und unterdrückt einen Rülpser.

»Urtümliche Kreaturen, älter als die Mensch- und Zwergheit«, erwidert Gisy mit Grabesstimme. »Solltet ihr die alten Trakte wirklich aufsuchen, seid auf der Hut!« Weiter bei **86**.

233 Mit einem zufriedenen Grinsen nimmt Morphyr deinen Einsatz an sich. (Streiche den Gegenstand, den du gesetzt hattest, von deinem **Abenteuerblatt**; solltest du den Ring der Rückkehr verwettet haben, vermerke, dass du ihn für den Rest dieses Abenteuers nicht mehr anwenden kannst.) Durch Wolken aus Pfeifenqualm starrst du deinen Vetter zornig an – hättest du dich nur nicht zu einem Spiel überreden lassen! Hustend verabschiedet ihr euch von den Zwergen und verlasst die rauchige Spielhölle. Weiter bei **29**.

234 Obwohl dir die Kletterei nicht schwer fällt, ist der Aufstieg anstrengend – nicht zuletzt, da du Bolko ständig hinter dir her die senkrechte Mauer hinaufzerren musst. Während die hallenden Schritte aus dem Tunnel unten immer lauter werden, legt ihr knapp die Hälfte der Strecke nach oben zurück. Da biegen sich plötzlich zahllose knollenartige Knospen aus dem Rankengewirr in eure Richtung, klappen winzige Schlangenmäuler auf und beginnen, nach euch zu schnappen! Es handelt sich um Beißefeu, eine fleischfressende Pflanzengattung, die in größeren Mengen auch für Menschen gefährlich sein kann. Schon bohren sich die ersten dornigen Zähne in deine Unterarme! Du willst dich schon zurück zu Boden zu hangeln, da tauchen unten drei massige, von zottigem grauem Fell bedeckte Gestalten aus dem Gang auf – Stollentrolle! Kaum haben die Kolosse euch erspäht, rennen sie brüllend auf die efeubedeckte Wand zu. **Befrag das Schicksal:** Erhältst du ✳,ᛟ,•,ᚦ,ᚠ oder ᛋ, weiter bei **131**, bei einer anderen Rune weiter bei **79**.

235 Ihr seid dem Ertrinken nahe, als endlich ein Lichtschimmer vor euch auftaucht: Der Tunnel weitet sich zu einem kleinen, offenbar künstlich geschaffenen Hohlraum, in dem, vom trüben Licht verschmutzter Phosphoraderöhren beleuchtet, ein Hindernis aus dem Wasser aufragt: Von einem Ufer zum anderen erstreckt sich vor euch eine Art Damm, ein lang gestreckter Haufen aus Ästen, Holzplanken, Lumpen und anderem Unrat. Hart prallt ihr dagegen, und mit letzter Kraft ziehst du erst dich, dann deinen Vetter auf die wacklige Konstruktion hinauf. Als ihr wieder einigermaßen zu Atem gekommen seid, macht ihr euch daran, zum linken Ufer hinüberzuklettern. Weiter bei **249**.

236 Ihr macht auf der Stelle kehrt und rennt, was eure Beine hergeben. Und ihr habt Glück! Unbeschadet erreicht ihr die Kreuzung und prescht ohne anzuhalten darüber. Erst als ihr dem uralt anmutenden Stollen ein ganzes Stück gefolgt seid, merkt ihr, dass euch das Rieseninsekt gar nicht mehr verfolgt. »Sieht – *pfffth* – so aus – *pfffth* –, als würde das Biest – *pfffth* – diesen Bereich des Bergwerks – *pfffth* – meiden«, stößt Bolko zwischen keuchenden Atemzügen hervor. »Ich frage mich bloß – *pfffth* –, warum?« Du befürchtest, dass ihr das nur zu bald herausfinden werdet! Weiter bei **39**.

237 Der Tunnel beschreibt eine Biegung nach rechts. Ihr habt die Kurve eben umrundet, da vernimmst du plötzlich ein dumpfes Rumpeln, das aus allen Richtungen zugleich zu kommen scheint. Der Boden bebt, Risse tun sich in den Wänden auf. Die Glasröhre an der Decke platzt und verspritzt grüne Leuchtflüssigkeit über das Gestein. »Der Stollen stürzt ein!«, brüllst du, da fallen bereits die ersten Brocken herab. Ihr werft euch zu Boden, die Arme über dem Kopf, während ringsum die Welt unterzugehen scheint. Schmerzhaft prasseln Gesteinsbrocken auf euch nieder, doch wie durch ein Wunder ist keiner groß genug, euch ernstlich zu verletzen.

Als das Getöse nachlässt und du den Kopf hebst, bietet sich dir im Licht der verspritzten Phosphorade ein trostloses Bild: Vor und hinter euch schließen die herabgestürzten Gesteinsmassen den Tunnel hermetisch ab – ihr seid eingeschlossen in einem kaum zehn Schritte messenden Hohlraum! Halbherzig versuchst du, ein paar kleinere Trümmer zur Seite zu räumen, aber sogar sie sind zu schwer, um sie mit bloßen Händen zu bewegen.

»Das war's!«, greint Bolko neben dir. »Wir sind geliefert, hier kommen wir niemals wieder raus. Niemals wieder Schweinebraten mit Klößen!«

Befindet sich in deinem Besitz eine Spitzhacke? Wenn ja, weiter bei **208**, wenn nicht, bei **166**.

238 Die Goblinge klatschen begeistert Applaus, als ein gebückt gehender Greis mit spinnwebartigem weißem Haar vor euch hintritt. Umständlich rückt er einen Zwicker auf seiner warzenübersäten Nase gerade, den er ganz offensichtlich aus den Hinterlassenschaften der Zwerge stibitzt hat, und beginnt zu sprechen: »Zwei Mondkristalle, ein türkisfarbener und ein gelber, wiegen zusammen 500 Unzen. Könnt ihr mir folgen? Gut! Der türkisfarbene wiegt 300 Unzen mehr als der gelbe. Auch klar? Wunderbar! Nun meine Frage an euch, ihr Wichte: *Wie viel wiegt der gelbe Mondkristall?*«
An Bolkos schreckensstarrer Miene erkennst du sofort, dass du von seiner Seite nicht mit Unterstützung rechnen kannst. Also schließt du die Augen und beginnst zu rechnen ... *Wenn du glaubst, das Ergebnis zu kennen, lies bei der Abschnittsnummer weiter, die deiner Antwort entspricht!* Beginnt der entsprechende Abschnitt nicht mit dem Wort »Schade«, war deine Antwort falsch; in diesem Fall – oder wenn du die Lösung nicht weißt –, weiter bei **195**.

239 Auch diese Planke trägt dein Gewicht mit nicht mehr als einem leisen Knirschen. Du ahnst, dass du der alten Brücke Unrecht getan hast: Trotz ihres schäbigen Aussehens scheint sie in besserem Zustand zu sein, als du dachtest. Weit mehr beunruhigt dich jedoch das Geisterheulen, das in den letzten Sekunden unzweifelhaft lauter geworden ist! Du beschließt, zügig und ohne weitere Planken auszulassen auf die andere Seite zu eilen.

Wohlbehalten kommst du an und rufst Bolko zu, dir zu folgen, wobei du ihm exakt beschreibst, welche Planken er benutzen soll. Glücklicherweise hält sich dein Vetter ausnahmsweise einmal an das, was du sagst. Aufgrund seines höheren Gewichts schwankt die Brücke zwar stärker als eben bei dir, doch schon nach wenigen Augenblicken steht auch Bolko sicher neben dir. Weit unten, in den Tiefen der Schlucht, flackern jetzt fremdartige Lichtblitze auf – höchste Zeit, zu verschwinden! Ihr wendet euch ab und folgt dem Verlauf des Tunnels nach **220**.

240

Das Schild ist alt und schmutzig, dennoch kannst du die Beschriftung mithilfe deiner besonderen Fähigkeit mühelos entziffern. Sie besagt: *Bofyr, Oberster Schürfdirektor (Vorzimmer).* Neugierig beschließt du, die Tür zu öffnen. Weiter bei **109**.

241

Du stehst kaum neben dem Tisch des singenden Zwergs, da musst du bereits seinem Trinkkrug ausweichen, den er wie einen Streithammer wild im Kreis schwingt. Metschaum schwappt auf deine Kleidung, und unwillkürlich stößt du einen protestierenden Laut aus. Der Zecher fährt zusammen, seine Augen verengen sich zu schmalen Schlitzen. »Was ist, heh? WAS IST?«, fährt er dich an. »S-Suchst du Ärger? K-Kannst du haben, du halbe P-Portion, KANNST DU HABEN!« Er nimmt einen tiefen Zug aus seinem Krug, bevor er ihn vor sich auf die Tischplatte krachen lässt, schwankend aufsteht und die Fäuste reckt. Du hebst abwehrend die Hände, um zu signalisieren, dass du dich nicht prügeln willst, doch der Zwerg ist hoffnungslos betrunken. Angefeuert von den Rufen einiger Schaulustiger stolpert er auf dich los! Dir bleibt nichts anderes übrig, als Bolko am Arm zu packen und die Kneipe fluchtartig zu verlassen. Draußen bittest du Gyrolph, euch ohne weitere Umwege zum Eingang der Minen zu führen. Weiter bei **80**.

242 Je tiefer ihr in den Korridor eindringt, desto dicker werden die schmierigen schwarzen Rückstände, die die Wände vom Boden bis zur Decke bedecken. Ein eigenartiger, stechender Gestank liegt in der Luft. Neugierig berührt Bolko die an Teer erinnernde Substanz mit dem Finger – und zieht ihn quiekend wieder zurück! »*Autsch!* Verflixt, brennt das! Dieses Zeugs muss eine Art Säure sein – schau, die Haut an meiner Fingerkuppe ist knallrot! Au, tut das weh … mein armer, armer Finger!«

Die Sache ist dir nicht geheuer; zwar scheint der schwarze Ätzschleim nicht von Geistern zu stammen, trotzdem klingeln in deinem Hinterkopf sämtliche Alarmglocken. Hast du nicht vor Jahren einmal etwas gelesen über ein Tier, das schwarzes, ätzendes Sekret absondert … verflixt, es fällt dir nicht mehr ein! Möchtest du dennoch lieber Vorsicht walten lassen und umkehren, um an der T-Kreuzung in die andere Richtung zu gehen (weiter bei **69**)? Oder marschierst du wagemutig weiter, Schmiere und Gestank ignorierend (**97**)? Falls du über das Talent *Vorahnung* verfügst, weiter bei **193**.

243 Die hohe, im Fischgrätmuster gemauerte Gewölbedecke des Ganges lässt beinahe vergessen, dass ihr euch tief im Innern eines Berges befindet. Vielmehr kommt ihr euch vor wie in einer stattlichen Burg, die Bedrohung durch den mysteriösen Geisterspuk scheint mit einem Mal fern und weniger bedrückend. Sogar Bolkos Gesicht trägt einen entspannten Ausdruck, als er, wild mit den Armen schwingend, neben dir herhopst. Damit hat es jedoch rasch ein Ende, als plötzlich ein röhrendes, ganz und gar unmenschliches Gebrüll an eure Ohren dringt! Du hast etwas Derartiges noch nie zuvor gehört – es klingt, als lauere irgendein kolossales, ausgesprochen blutrünstiges Monstrum vor euch, am Ende des Korridors. Einen Augenblick später verebbt das Brüllen wieder, Totenstille umfängt euch.

»Wa-wa-was wa-wa-war das?«, bibbert Bolko und klammert sich an deinem Arm fest. Du schüttelst ratlos den Kopf und gehst vorsichtig ein paar Schritte weiter. Im grünen Licht der Leuchtröhre kommt rechter Hand eine massive Holztür in Sicht, ansonsten ist der Gang vor euch, so weit du sehen kannst, völlig leer. Du streckst die Hand aus, um die Klinke der Tür auszuprobieren, doch sie ist verschlossen. »Lass uns umkehren und an der Kreuzung mit dem Wegweiser eine andere Richtung einschlagen«, bettelt dein Vetter, der deinen Arm gar nicht mehr loslassen will. Stimmst du zu, zur Kreuzung zurückzumarschieren, weiter bei **163**. Interessierst du dich dagegen für die verschlossene Tür, könntest du versuchen, sie gewaltsam zu öffnen (**118**). Bist du dafür, ungeachtet des Gebrülls dem Korridor weiter geradeaus zu folgen, weiter bei **124**.

244 Der Zwerg dreht und wendet die Kerze in seinen Händen, dann gibt er sie dir zurück. »Es handelt sich offenbar um eine verzauberte Lichtquelle«, sagt er. »Solche magischen Hilfsmittel sind zuweilen sehr hilfreich. Leider kann ich dir nicht genau sagen, was passieren wird, wenn du diese Kerze anzündest. Aber es ohne Not, aus reiner Neugierde auszuprobieren, würde ich dir nicht unbedingt raten. Magische Kerzen haben nämlich die Eigenart, viel schneller abzubrennen als gewöhnliche.« Kaum klüger als zuvor verstaust du die Kerze wieder in deinem Rucksack. Weiter bei **46**.

245 Hastig weicht ihr gegen die Wand des Tunnels zurück und presst euch mit dem Rücken dagegen. Wenige Sekunden darauf wird das Heulen ohrenbetäubend – das Phantom ist heran! Doch wie durch ein Wunder beachtet es euch überhaupt nicht, stattdessen macht es Anstalten, an euch vorbeizuschweben. Da stößt Bolko neben dir plötzlich einen panischen Kiekser aus: Sein dicker Bauch ragt so weit vor, dass ihn die ziellos wabernden Nebelarme des Geistes mit hoher Wahrscheinlichkeit streifen werden! Um ihnen auszuweichen, macht dein Vetter einen unbeherrschten Satz vorwärts – genau auf das tosende Wasser zu! **Befrag das Schicksal:** Ist das Ergebnis ᛟ, ᛖ, ᛇ oder ᚨ, weiter bei **19**, erhältst du eine andere Rune, weiter bei **107**.

246 Zitternd zückst du den silbernen Ring und steckst ihn an den Mittelfinger deiner rechten Hand. Nichts passiert! Mit raubtierhaftem Gebrüll walzt der Riesentroll heran. Höchste Zeit, zu verschwinden! Weiter bei **6**.

247 Nach einigen Schritten hast du das ungute Gefühl, dass mit dem Licht der Leuchtröhren irgendetwas nicht stimmt. Das Glühen der Phosphorade vor euch wirkt auf einmal so anders als sonst … *Merk dir diesen Abschnitt, damit du später hierher zurückkehren kannst, dann lies weiter bei* ***123****, um zu sehen, was passiert!* Solltet ihr diesen Zwischenfall überleben, geht es anschließend weiter bei **223**.

248 Eilig huschst du an dem senkrechten Gerüst wieder nach unten, packst deinen Vetter am Kragen und ziehst ihn in die Höhe. Mit einem deutlichen Vorsprung vor den Trollen erreicht ihr die Spitze des Krans, wo ein schmaler Ausleger waagerecht über die gischtenden Fluten des Flusses ragt. Keuchend versuchst du, Bolko den schwankenden Arm entlangzuzerren, doch nun bist du am Ende deiner Kräfte – deine Hände rutschen vom splittrigen Holz des Gerüsts ab! Schreiend stürzt ihr in die Tiefe und landet mit einem lauten Platschen in den eisigen Fluten des Ybbs. Sofort schlägt das Wasser über euch zusammen, die Strömung packt euch mit unnachgiebigem Griff. Strampelnd wehrst du dich gegen die Wassermassen, die dich in die Tiefe ziehen wollen, und unter erheblicher Mühe gelingt es dir, an der Oberfläche zu bleiben. Undeutlich siehst du die grunzenden, zottigen Schemen eurer Verfolger am rechten Flussufer vorüberhuschen, doch die Strömung reißt euch so schnell davon, dass die Trolle keine Chance haben, euch herauszufischen. Da wird es plötzlich finster um euch herum, als der Fluss in einer niedrigen Stollenöffnung verschwindet. Verzweifelt trittst du Wasser, doch du spürst, dass du diese Anstrengung nicht lange durchhalten wirst … Weiter bei **235**.

249 Die Konstruktion ist wacklig und morsch, mehr als einmal geben Holzplanken oder die sonderbaren weißlichen Stäbe, die einen Großteil des Baus ausmachen, unter euren Füßen nach. Mit der Stauwirkung des Damms ist es ebenfalls nicht weit her: Das Wasser strömt nahezu ungehindert hindurch. »Ein Glück für uns, dass irgendwer diesen Müll hier im Wasser aufgestapelt hat«, findet Bolko. »Ich frage mich nur, zu welchem Zweck?«

In diesem Augenblick ertönt vor und hinter euch ein verstohlenes Plätschern. Du drehst den Kopf und siehst, dass ein Dutzend schweinsgroße Geschöpfe von beiden Ufern her durch die wirbelnden Fluten auf euch zuschwimmen. Zuerst hältst du sie für Flussratten, doch dafür sind sie zu groß. Als du ihre platten Paddelschwänze bemerkst, denkst du an Biber, doch dann bemerkst du das geisterhafte Glühen in ihren Augen. Darüber hinaus scheint ihr Fleisch wie verrottet, es hängt nur noch lose an den Knochen!

Da zerbricht plötzlich einer der weißen Stäbe unter deinem Fuß. Mit Schrecken erkennst du, dass es sich um einen abgenagten Oberschenkelknochen handelt! Schlagartig wird dir alles klar: Diese Kreaturen sind Zombiber, untote, durch Magie belebte Kreaturen, die sich vorzugsweise von Menschenfleisch ernähren! Schon haben die Nager den Rand des Damms erreicht

und beginnen, zu euch hinaufzuklettern. **Befrag das Schicksal:** Erhältst du ● oder ⅄, weiter bei **38**, bei einer anderen Rune weiter bei **164**. Verfügst du über das Talent *Tiersprache,* weiter bei **78**.

250 Zwei Tage später sind die Gebeine der Dunkelelben aus dem alten Trakt des Bergwerks geborgen und auf dem Friedhof von Gnarling unter den Segnungen zahlreicher Priester beigesetzt. Auch die Nachkommen der Toten wurden ausgemacht und per Eilboten über den Verbleib ihrer Ururgroßeltern unterrichtet, die vor 700 Jahren auf mysteriöse Weise verschwanden; sie werden in Kürze von König Margolix eine großzügige Entschädigung erhalten. Das macht die Toten zwar nicht wieder lebendig, aber es hilft ihren Seelen, endlich Ruhe zu finden.
Der Erfolg all dessen zeigt sich bereits am Tag nach der Beisetzung: Ein in die Tiefen der Minen entsandter Spähtrupp berichtet, dass nirgends mehr geisterhafte Aktivitäten festzustellen seien. Bei ihrer Rückkehr bringen die Zwerge Meister Gisy von der Minenverwaltung mit nach draußen, der in seinem Haus auf der Felsnadel den Angriffen der Spukwesen bis zuletzt erfolgreich getrotzt hat. Binnen kurzer Zeit haben bewaffnete Zwergeneinheiten sämtliche Stollentrolle, Felsmaden und anderen unliebsamen Gäste aus den Tunneln vertrieben.
Der Spuk ist vorbei, die Bedrohung der Minen hat ein Ende!
Am Tag, als im Bergwerk offiziell die Arbeit wieder aufgenommen wird, hält König Margolix euch zu

Ehren auf dem Marktplatz von Gnarling eine große Dankesrede. Sonderbarerweise vergisst »Bolko der Große«, kaum dass der König ihn zu sich aufs Podium bittet, ganz zu erwähnen, wem der König die Rettung seiner Minen in Wahrheit zu verdanken hat! Glücklicherweise kennst du deinen Vetter schon zu lange, um dich angesichts dieser Unverschämtheit noch zu ärgern. Und Bolkos knallroter Kopf, als er unter dem Jubel des versammelten Zwergenvolkes die versprochene Belohnung entgegennimmt, beweist, dass dein »heldenhafter« Vetter nur zu gut weiß, wer der *wahre* Held dieses Abenteuers gewesen ist …

Noch mehr spannende Abenteuer
von Jens Schumacher:

AMBIGUA

Der Sternstein von Mogonthûr

Blättere um und tritt ein
in die Welt jenseits der magischen Pforten ...

Kapitel 3
Conrad erzählt

Alles nahm seinen Anfang vor annähernd dreißig Jahren. Es war einer dieser ekelhaften kalten Novemberabende, an denen der Wind wie ein wütendes Tier ums Haus schleicht, an den Läden rüttelt und pfeift und heult aus Wut darüber, dass er nicht ins Haus kann. Hagelkörner prasselten gegen die Fenster wie Gewehrkugeln. Niemand, der nicht unbedingt musste, ging freiwillig vor die Tür.

Ich hatte mir eine große Kanne Tee gekocht und es mir mit einem Werkstück an der Werkbank bequem gemacht. Aber gerade als ich mich auf meinem Schemel niedergelassen hatte und den Hohlbeitel ansetzte, flog plötzlich ohne Vorwarnung die Tür auf. Ein Schwall eiskalter Luft fauchte herein, gefolgt von wirbelnden grauen Nebelfingern.

Verwundert sah ich auf. Ich war der festen Überzeugung gewesen, längst abgesperrt zu haben. Widerwillig erhob ich mich, um die Tür wieder zu schließen.

Doch rasch stellte ich fest, dass zusammen mit der Kälte noch etwas anderes hereingekommen war: Mitten im Laden stand ein spargeldünner Mann, weißhaarig, in einem braunen Anzug mit passendem Zylinder. Unter dem Arm trug er etwas Großes, Flaches, das in Ölpapier eingewickelt war.

»Scheußliches Wetter, das Sie da mitbringen«, begrüßte ich den verspäteten Kunden, ging zur Tür und schloss sie hinter ihm.

»Mitnichten«, entgegnete der Fremde mit einer Stimme, die krächzte wie ein altes Türscharnier. Er war gut zwei Köpfe größer als ich, den altmodischen Zylinder nicht mitgerechnet, und sein ausgemergeltes Gesicht war erschreckend blass. »Das Wetter ist ideal! Niemand hat mich kommen sehen, und niemand wird bemerken, wenn ich diesen Laden wieder verlasse.«

Etwas an der Art, wie der Mann sprach, war eigenartig. Er hatte einen Akzent, den ich noch nie gehört hatte, und auch seine Worte ergaben für mich keinen Sinn: Wieso sollte niemand mitbekommen, dass er meine Schreinerei besuchte?

Bevor ich etwas erwidern konnte, trat der hagere Mensch auf mich zu und fixierte mich mit starrem Blick. »Sind Sie Conrad Cellert, Kunstschreiner und Experte für die Restaurierung alter Kunstwerke aus Holz?«

»Zumindest steht das Erstere draußen über der Tür«, entgegnete ich vorsichtig. Der Mann war mir nicht geheuer. »Möchten Sie etwas repariert haben? Einen Bilderrahmen vielleicht?« Ich deutete auf das flache Paket unter seinem Arm.

Der Fremde hustete rasselnd, trat an die Werkbank und fegte mit einer ungeduldigen Bewegung meine Schnitzwerk-

zeuge beiseite. Wortlos legte er sein Mitbringsel auf die freie Fläche, schlug das Ölpapier zurück und legte einen flachen schwarzen Koffer frei, etwa achtzig mal hundert Zentimeter groß. Mit spitzen Fingern klappte er den Deckel auf.

Ich trat neben ihn – und machte große Augen!

Im Innern des Koffers lag ein Fensterrahmen. Er bestand aus einem dunklen, fast schwarzen Holz, dessen verschlungene Maserung an keine Sorte erinnerte, die mir je begegnet war. Das Stück ruhte in einem Bett aus weichem Schaumstoff, das exakt seiner Form angepasst war. Der Grund dafür lag auf der Hand: Die Streben der beiden glaslosen Fensterflügel waren bis auf den letzten Quadratzentimeter mit aufwendigem Schnitzwerk verziert.

Ich hatte zu diesem Zeitpunkt schon viele Schnitzarbeiten gesehen, aber der Detailreichtum dieser Arbeit verschlug mir den Atem: Da wanden krakenähnliche Geschöpfe hauchfein gedrechselte Tentakel um das Holz, Fledermäuse schlugen mit papierdünnen Schwingen, raupenartige Kreaturen krabbelten auf unzähligen zahnstocherdünnen Beinchen. Es gab Blumen, in deren Kelche winzige Gesichter geritzt waren, bleistiftdünne Schlangen, zerbrechliche Sterne und tausend andere Dinge mehr.

Mindestens ebenso außergewöhnlich war der fragile, silberne Riegel, der beide Fensterflügel in der Mitte zusammenhielt. Wollte man sie öffnen, musste man einen winzigen Haken lösen und nach oben klappen.

»Sehen Sie her«, krächzte der hagere Mann. Er hustete erneut, beugte sich herunter und deutete mit einem spinnenartigen Finger auf mehrere Stellen des Fensterrahmens. Jetzt erst nahm ich die dünne, matte Schicht wahr, die auf den bezeichneten Teilen lag – Schimmel!

»Dieses kostbare Stück wurde längere Zeit in feuchter Umgebung gelagert«, erklärte der Fremde überflüssigerweise. »Dabei hat die Oberfläche Schaden genommen. Darüber hinaus«, er deutete auf drei der winzigen, geschnitzten Figürchen, »gingen hier, hier und hier als Folge unsachgemäßen Gebrauchs Verzierungen zu Bruch.«

Ich kniff die Augen zusammen und erkannte ein plumpes sechsbeiniges Geschöpf mit drei Hörnern auf dem Kopf, von denen eines abgebrochen war; eine menschliche Gestalt mit langer Rüsselnase, der ein Arm fehlte; eine schlangenartige Kreatur, deren Schwanzspitze gesplittert war.

Der Mann richtete sich auf und blickte von oben auf mich herab. Seine Augen waren von einem trüben Grau, genau wie der Nebel, aus dem er gekommen war.

»Trauen Sie sich zu, dieses Stück instand zu setzen?«

Ich zögerte. Die Moderschicht zu entfernen schien mir das geringste Problem zu sein. Die Schnitzereien zu reparieren wäre dagegen eine Heidenarbeit. Sie waren derart fein, dass ich auf Anhieb nicht einmal wusste, welches Werkzeug ich zu ihrer Wiederherstellung verwenden könnte. Möglicherweise würde ich eigens welches anfertigen müssen.

Und obwohl – oder gerade weil – die Aufgabe so schwierig schien, verspürte ich plötzlich einen unwiderstehlichen Drang, mich der Herausforderung zu stellen.

»Machbar ist alles«, zitierte ich mein Firmenmotto. »Die Frage ist: Können Sie sich das leisten?«

Der Fremde starrte mich wortlos an. Seine spinnengleiche Hand fuhr in eine Innentasche seines Anzugs und kehrte mit einem Papierbündel zurück, das er vor mir auf die Werkbank klatschte. Es war so dick wie mein Handgelenk und bestand aus Geldscheinen – ausschließlich Hunderter!

»Noch einmal so viel bekommen Sie, wenn die Arbeiten zufriedenstellend ausgeführt sind«, erklärte er.

Ich nickte verdattert, starrte abwechselnd das Geld und den ungewöhnlichen Rahmen an. »Wir sind im Geschäft«, flüsterte ich heiser. »Geben Sie mir Ihren Namen, Anschrift und Telefonnummer, dann …«

»Mein Name ist Yorgo, Iknatz Yorgo«, erklärte der Mann kühl. »Das muss genügen. Ich melde mich – sagen wir, in einer Woche?«

»Das wird verflixt knapp! Ich weiß nicht, ob …«

»Zehn Tage. Keinen mehr!« Yorgo hustete bellend und machte Anstalten zu gehen. »Ach ja, da wäre noch etwas …« Er beugte sich erneut zu mir herunter, bis sein blasses Gesicht ganz dicht vor meinem schwebte. Ein betäubender Mentholduft stieg mir in die Nase, wie von starkem Hustensaft.

»Das Fenster muss während der ganzen Zeit geschlossen

bleiben! Verstehen Sie mich?« Er wies auf das Schloss mit dem silbernen Riegel. »Sie werden diese Verriegelung während Ihrer Arbeit nicht öffnen. Zu keinem Zeitpunkt! Habe ich mich klar ausgedrückt?«

Irgendetwas am Ton des Mannes ließ es mir angeraten erscheinen, keine weiteren Fragen zu stellen.

»Klar! Klarer geht's nicht. Das Fenster bleibt geschlossen, kein Problem!« Ich nickte wild.

Wortlos drehte sich Iknatz Yorgo um und stelzte zur Tür. Einen Augenblick später war er verschwunden, und nur das Geldbündel und der Koffer mit dem Fensterrahmen kündeten davon, dass er tatsächlich da gewesen war.

In den folgenden Tagen schloss ich die Schreinerei, um mich ganz dem außergewöhnlichen Auftrag zu widmen. Zunächst rückte ich dem Schimmel zuleibe. Es war eine langwierige und anstrengende Aufgabe, die weiße Schicht mit Reinigungsmittel und extrem feinem Schleifpapier aus den Vertiefungen zwischen all den Figürchen zu entfernen. In den Stunden, die ich schwitzend über den Rahmen gebeugt zubrachte, fand ich ausgiebig Gelegenheit, ihn genauer zu untersuchen.

Unter den Hunderten von Gestalten im Holz waren keine zwei, die sich glichen. Ein paar menschliche gab es, in der Mehrzahl aber stellten die Geschöpfe absonderliche Mischwesen dar, die der Fantasie eines verrückten Märchenonkels entsprungen zu sein schienen. Jede Kleinigkeit war mit nahezu übermenschlicher Kunstfertigkeit ausgearbeitet. Wer immer diesen Rahmen gefertigt hatte, er musste Jahre damit verbracht haben!

So beschwerlich die Arbeit war, ich kam doch gut voran. Nach drei Tagen waren alle befallenen Stellen vom Moder befreit, und ich machte mich an die Restaurierung der beschädigten Figuren. Auch hier konnte ich rasch Erfolge verbuchen: Ich fand eine afrikanische Holzart, deren Farbe sich mit einer dunklen Lasur perfekt dem restlichen Rahmen anpassen ließ. Aus diesem Holz schnitzte ich unter Verwendung eines Vergrößerungsglases ein neues Horn für das sechsbeinige Tier, anschließend einen zweiten Arm für den rüsselgesichtigen Mann. Alles lief bestens.

Am Nachmittag des siebten Tages stieß ich auf ein Problem.

Am Schwanz eines Wesens, das ich für eine Art Seeschlange mit übergroß dargestellter Nase hielt, war ein fingerlanger Holzspan abgesplittert. Das Schlangentier ringelte sich allerdings um den Mittelpfosten des Rahmens, was zur Folge hatte, dass die Schadstelle teilweise unter der Kante des linken Fensterflügels lag. Um korrekt Maß nehmen und das neu geschnitzte Teil einpassen zu können, musste ich ihn öffnen.

Ich war so in meine Arbeit vertieft, dass ich ohne zu überlegen nach dem silbernen Riegel griff, der das Fenster geschlossen hielt. Das Häkchen schnappte nach oben, und ich wollte den Flügel gerade hochklappen, da hallte plötzlich die krächzende Stimme Iknatz Yorgos in meinem Kopf wider:

Das Fenster muss während der ganzen Zeit geschlossen bleiben!

Ich zuckte zurück. Das hatte ich völlig vergessen!

Mit gerunzelter Stirn betrachtete ich die Beschädigung von allen Seiten, ohne jedoch zu einem anderen Schluss zu kommen: Wenn ich die Reparatur ausführen sollte, musste ich den Fensterflügel aufklappen.

Sie werden diese Verriegelung während Ihrer Arbeit nicht öffnen. Zu keinem Zeitpunkt!

Welchen Grund mochte der seltsame Mann gehabt haben, eine derart unsinnige Anweisung zu hinterlassen? Fürchtete er etwa, ich könnte sein Fenster beschädigen? Dann hätte er es mir doch wohl kaum hiergelassen …

Kopfschüttelnd fasste ich einen Entschluss: Der Kunde konnte nicht beides haben. Entweder das Fenster blieb geschlossen – und beschädigt –, oder ich reparierte es. Und dazu musste ich es öffnen!

Was war denn schon dabei? Yorgo würde es schließlich gar nicht mitbekommen. Bis er den Rahmen abholte, läge er längst wieder verriegelt in seinem Koffer. Achselzuckend ergriff ich die Mittelstrebe des linken Flügels, klappte ihn hoch und drehte mich zur Seite, um mein Maßband zu suchen.

Ich hatte es eben gefunden, als ich aus dem Augenwinkel bemerkte, dass irgendetwas anders war als zuvor. Neugierig wandte ich mich wieder dem Rahmen zu – und schnappte entgeistert nach Luft.

In der Werkbank unter dem Rahmen schien sich ein bodenloses Loch aufgetan zu haben! Ungehindert schweifte mein Blick durch die Öffnung – und in weite Ferne! Vor mir lag eine sanft gewellte Hügellandschaft, bedeckt von kniehohem Gras, das in einer unmerklichen Brise wogte wie die Wellen eines grünen Meeres. Darüber spannte sich ein tiefroter Himmel, über den eigenartig geformte, gelbliche Wolken dahinzogen. Eine frühlingshafte Brise wehte mir ins Gesicht, trug einen Duft nach Waldkräutern, Beeren und feuchter Erde mit sich …

Mit einem heiseren Schrei knallte ich das Fenster zu und stolperte rückwärts von der Werkbank fort. Mein Schemel geriet mir zwischen die Beine, ich stolperte, schlug hin und prallte hart mit dem Kopf auf den Boden.

Taumelnd kam ich wieder auf die Beine. Der Rahmen lag da wie zuvor, harmlos und unscheinbar. Durch die geschlossenen Rechtecke der glaslosen Flügel war nichts zu erkennen außer dem alten, zerkratzten Holz der Werkbank.

Zögernd reimte ich mir zusammen, was geschehen sein musste: Ich hatte tagelang hart gearbeitet und war als Folge an der Werkbank eingenickt. Über einem besonders lebhaften Traum war ich vom Stuhl gefallen und hatte mir den Kopf angeschlagen. Das war alles. Zögernd stellte ich den Schemel an seinen Platz zurück, setzte mich, rückte meine Brille gerade und öffnete das Fenster erneut.

Diesmal schrie ich nicht, obwohl ich den Eindruck hatte, das Herz müsste mir stehen bleiben.

Wieder schien es, als würde sich unter dem Rahmen ein bodenloses Loch auftun, wieder sah ich eine fremdartige Landschaft mit einem karmesinrot gefärbten Firmament! Und was das Verrückteste war: Obwohl ich doch senkrecht nach unten schaute, lag alles, was ich sah, waagerecht *vor mir, als würde ich aus einem realen Fenster im Erdgeschoss eines Hauses blicken! Am Horizont war das gelb-braune Schachbrettmuster von Feldern zu erkennen, etwas zurückgesetzt zur Linken ein schattiges Wäldchen, dessen Baumkronen im Wind schwankten. Geradeaus, in einer Talsenke, befand sich eine altertümliche Stadt mit rauchenden Kaminen und unzähligen spitzen Dächern und Türmchen. Ich konnte Vögel zwitschern hören, irgendwo in der Ferne krähte ein Hahn.*

War ich verrückt geworden? Hatte mein Kopf bei dem Sturz mehr abbekommen, als ich gedacht hatte?

Mit bebenden Fingern klappte ich den Fensterflügel wieder zu – und sah wie auf Knopfdruck nur noch das alte, zerkratzte Holz der Werkbank darunter. Ich hob ihn an – die fremdartige Landschaft erschien!

Ich schluckte. Allmählich begann ich zu ahnen, wieso Mister Yorgo so erpicht darauf gewesen war, dass ich sein Fenster geschlossen hielt. Fassungslos starrte ich die unerklärliche Öffnung an.

Und dann, ganz langsam, streckte ich eine Hand aus und schob sie durch den Fensterrahmen.

Es kribbelte, als meine Finger die Stelle passierten, an der sie eigentlich auf die harte Arbeitsplatte hätten treffen müssen. Das war alles. Die Luft jenseits des Fensterrahmens fühlte sich angenehm warm an – ein absurder Gegensatz zu dem eisigen Novemberwetter draußen vor meiner Tür.

Vorsichtig bewegte ich den Arm hin und her. Gleichzeitig senkte ich den Kopf und warf einen prüfenden Blick unter die Werkbank.

Nichts. Mein Arm, der oben in der Werkbank verschwand, kam darunter nicht wieder zum Vorschein!

Ich zog die Hand zurück und öffnete grübelnd auch den zweiten Fensterflügel. Für all das gab es nur zwei mögliche Erklärungen: Entweder war ich komplett durchgedreht – oder hier waren Mächte am Werk, von deren Existenz kein Mensch auf der Erde auch nur die geringste Ahnung hatte!

Es gab nur einen Weg, das herauszufinden.

Vorsichtig kletterte ich auf die Werkbank. Falls ich verrückt war, dachte ich bei mir, war nichts von alldem real. Das Fenster und die Landschaft auf der anderen Seite existierten nur in meinem Kopf, und das Schlimmste, was mir passieren konnte, war, dass ich mich demnächst in der gepolsterten Zelle einer Irrenanstalt wiederfand.

Falls ich dagegen nicht verrückt war …

Ich platzierte mein Hinterteil auf der Arbeitsplatte und ließ die Beine durch den Rahmen baumeln. Meine Waden kribbelten, als wuselten unzählige Fliegen über meine Haut.

Ich verlagerte mein Gewicht, rutschte vorwärts – und ließ mich durch die Öffnung gleiten!

Für einen kurzen Moment hatte ich das Gefühl, mit dem Gesicht gegen einen dicken Vorhang gelaufen zu sein. Undurchdringliche Schwärze umhüllte mich, aber es war eine Schwärze voller Farben: Überall glitzerten bunte Wirbel und Schlieren, wie man sie sieht, wenn man sich gegen die geschlossenen Augenlider drückt. Das Kribbeln erfasste meinen ganzen Körper, und ein eigenartiger, süßlicher Geruch stieg mir in die Nase, ein bisschen wie Zimt. Mir wurde schwindelig. Ich kniff die Augen zusammen und begann schon, meine waghalsige Neugier zu verfluchen – da spürte ich plötzlich weiches Gras unter meinen Fingern!

Zitternd schlug ich die Augen auf.

Von der Schreinerei war nichts mehr zu sehen. Stattdessen hockte ich in kniehohem Grün, direkt vor einer alten Steinkate, vielleicht drei mal drei Meter groß. In der mir zugewandten Wand befand sich ein Fenster, dessen Flügel sperrangelweit offen standen.

Der dunkle, kunstvoll verzierte Rahmen war ein exaktes Ebenbild des Exemplars, das Iknatz Yorgo in meine Werkstatt gebracht hatte!

Neugierig erhob ich mich. Als mein Blick durch das Fenster fiel, erstarrte ich. Instinktiv hatte ich angenommen, auf der anderen Seite müsste jetzt meine Schreinerei zu sehen sein.

Doch hinter der Öffnung lag lediglich das schattige Innere der Steinhütte, gefüllt mit altmodischen landwirtschaftlichen Geräten. Ich erkannte einen Pflug, ein paar große Holzeimer, Schaufeln und Äxte.

Ängstlich klappte ich die Fensterflügel zu, in denen jetzt sonderbarerweise dicke Butzenglasscheiben steckten, und öffnete sie wieder.

Nichts!

Unschlüssig, was ich nun tun sollte, starrte ich in den blutroten Himmel hinauf. Ich war also tatsächlich hinübergegangen! Blieb die Frage – wohin?

Und, viel wichtiger: Wie kam ich wieder zurück nach Hause?

Die warmen Strahlen der blutroten Sonne auf meiner Haut übten eine beruhigende Wirkung aus. Da ich ohnehin nichts anderes tun konnte, beschloss ich, mich ein wenig umzusehen. Nicht weit von der Kate entfernt verlief ein breiter, gekiester Pfad, der in sanften Kurven hinab zu der Stadt führte, die ich durch das Fenster bereits gesehen hatte. Vielleicht gab es dort Menschen, die mir helfen konnten?

Der Weg war von Bäumen und wildem Buschwerk gesäumt. Hufabdrücke und Rillen im Kies verrieten, dass er regelmäßig von irgendwelchen Fahrzeugen genutzt wurde. Aber nirgends war eine Menschenseele zu sehen.

Als ich näher kam, fiel mir ein Büschel extrem bunter Blumen ins Auge, die am Rand des Pfads blühten. Es waren eigentümliche Gewächse, die an Tulpen erinnerten, deren hühnereigroße Kelche allerdings in neongrellem Rot, Blau und Gelb leuchteten. Ich bückte mich und schnupperte an einem. Die Pflanze roch nach nichts. Dafür glaubte ich plötzlich, ein leises, kicherndes Geräusch zu vernehmen.

Ich sah mich um, sah aber niemanden. Als ich meinen Blick wieder den Blumen zuwenden wollte, waren sie verschwunden!

Verwirrt sah ich mich um – und entdeckte dieselbe Ansammlung grellbunter Tulpengewächse hinter mir, am Fuß eines knorrigen Baums! Die Kelche der Blumen schwankten heftig hin und her, obwohl momentan nicht das kleinste Lüftchen ging.

Ich trat näher, ging in die Hocke und stupste eine der Pflanzen mit dem Zeigefinger an. Wieder ertönte ein Kichern. Dann begann der ganze Blumenbusch erneut zu vibrieren und zu wanken – und kroch auf mich zu!

Erst jetzt bemerkte ich meinen Irrtum: Was ich für Blumenstängel mit bunten Kelchen gehalten hatte, waren Dutzende insektenartige Fühler! Sie sprossen aus dem Rücken eines grünen, wurmartigen Wesens, das etwa so groß wie eine Golftasche war. Auf meine Berührung hin hob das Tier jetzt sein vorderes Ende, an dem ein runder Kopf mit winzigen Äuglein saß. Es sah mich fragend an, öffnete einen entenartigen Schnabel und sagte:

»Bwaaglulek–bulek?«

Vor Schreck sprang ich auf – und krachte mit dem Kopf schwungvoll gegen einen Ast des Baums, der über mir aufragte. Sterne explodierten vor meinen Augen. Irgendwo sagte jemand »Bwuugl-ölek?«, dann senkte sich tiefe Dunkelheit über mich, und ich wusste nichts mehr.

Als ich wieder zu mir kam, fühlte ich mich, als hätte jemand auf meiner Schädeldecke ein ausgiebiges Paukenkonzert zum Besten gegeben. Ein Blick zum roten Himmel zeigte mir, dass die Sonne ein gutes Stück weitergewandert war – ich musste mehrere Stunden lang bewusstlos gewesen sein.

Vorsichtig drehte ich den Kopf. Ich war allein. Das sonderbare Blumengeschöpf war fort. Ich rieb mir den Schädel, wo neben der Beule von meinem Sturz in der Werkstatt jetzt ein zweites Ei heranwuchs, und rappelte mich hoch.

Obwohl mir nach wie vor keine Gefahr drohte, übermannte mich ein schreckliches Gefühl der Fremdheit, und ich wünschte mich zurück in meine gemütliche Schreinerei. Aus einem Instinkt heraus eilte ich über die Wiese zurück zu der kleinen Steinkate.

Deren einziges Fenster stand noch immer offen. Ohne Hoffnung trat ich davor – und glaubte, meinen Augen nicht zu trauen: Was ich durch das Fenster sah, war nicht länger das schattige Innere der Hütte! Dort, wo vorhin noch Rechen und Spaten in Reih und Glied gestanden hatten, verbreitete nun eine elektrische Lampe gleichmaßiges Licht.

Mein Herz machte einen Sprung, als ich sie wiedererkannte: Es war die Deckenleuchte meiner Werkstatt! Lediglich die Perspektive schien sonderbar: Ich blickte von unten gegen die Lichtquelle, als läge ich auf dem Boden ... oder auf der Werkbank. Natürlich! Ich schaute von der anderen Seite durch Mister Yorgos Fensterrahmen, der flach auf der Arbeitsfläche lag. Ohne mir weitere Gedanken über ein Phänomen zu machen, das ich ohnehin nicht verstand, kletterte ich kurzerhand durch das Fenster.

Erneut wurde es dunkel um mich. Das Kribbeln kehrte zurück, und wiederum bemerkte ich einen Geruch, als hielte mir jemand ein Backblech mit frischen Zimtsternen unter die Nase. Wie beim ersten Mal dauerte alles nur Sekundenbruchteile, und als ich die Augen blinzelnd wieder öffnete, hockte ich neben dem Fensterrahmen auf meiner Werkbank.

Um meine überreizten Nerven zu beruhigen, goss ich mir sofort eine große Tasse Tee ein. Überraschenderweise schmeckte er wie frisch aufgebrüht. Ein Blick auf die große Wanduhr bestätigte meinen Verdacht, dass seit meiner Klettertour durch das Fenster kaum fünf Minuten vergangen waren. Dabei hatte ich auf der anderen Seite etliche Stunden ohne Bewusstsein zugebracht.

Sobald ich wieder einigermaßen klar denken konnte, begab ich mich zaghaft daran, die Reparatur des Rahmens zu vollenden – und machte eine überraschende Entdeckung: Egal, ob die Fensterflügel offen oder geschlossen waren, auf der an-

deren Seite war nun zu keinem Zeitpunkt etwas anderes zu sehen als die Oberfläche der Werkbank!

Noch am gleichen Abend, draußen hatte inzwischen ein heftiger Schneesturm eingesetzt, war ich fertig – drei Tage vor dem Ende der ausgemachten Frist. Zufrieden legte ich den Rahmen zurück in seinen Koffer. Ich klappte den Kasten gerade zu, als hinter meinem Rücken mit einem Krachen die Tür aufflog. Eingehüllt in einen Wirbel aus Schneeflocken stürmte die hagere Gestalt Iknatz Yorgos in die Schreinerei.

Sein langes, blasses Gesicht war verzerrt vor Wut.

»Wie können Sie es wagen, sich über meine Anweisungen hinwegzusetzen?«, keifte er.

In meiner Überraschung verstand ich zunächst gar nicht, worauf er hinauswollte. Ich machte eine abwehrende Geste in Richtung des Koffers. »Ich ... die Reparatur ist abgeschlossen«, stammelte ich.

»Sie haben das Fenster geöffnet!«*, schrie Yorgo mit sich überschlagender Stimme. »Und damit nicht genug – Sie haben sogar die Frechheit besessen, nach drüben zu gehen!« Ein rasselndes Husten erschütterte seinen spindeldürren Körper, und er taumelte gegen die Werkbank. Rasch schob ich ihm einen Schemel hin.*

Dann schloss ich die Tür. Als ich zur Werkbank zurückkam, hatte Yorgos Hustenanfall nachgelassen. Ohne ihn zu fragen, goss ich ihm eine Tasse Tee ein, die er wortlos entgegennahm.

»Sie hätten es nicht öffnen dürfen«, erklärte er nach einigen Schlucken leise. Er atmete pfeifend, und sein Gesicht schien noch blasser zu sein als bei seinem ersten Besuch. »Ich habe Ihnen vertraut ... ich Narr!«

»Jetzt machen Sie mal halblang«, erwiderte ich mit einem Anflug von Ärger. »Wenn Sie mir den Auftrag erteilen, etwas instand zu setzen, dann tue ich das! In diesem Fall musste ich den Rahmen öffnen, sonst wäre eine Reparatur unmöglich gewesen.«

»Es hätte nicht geschehen dürfen«, murmelte Yorgo, als würde er mich gar nicht hören. »Nach all den Jahren ...« Er nahm den Zylinder ab und fuhr sich mit einer zittrigen Hand durch das dünne weiße Haar. Erneut begann er keuchend zu husten, wobei sein dürrer Leib bebte wie ein welkes Blatt.

»Woher wissen Sie eigentlich, dass ich den Rahmen geöffnet habe?«, wollte ich wissen. »Und was ist das für ein Ort auf der anderen Seite? Wo liegt er? Was sind das für Kreaturen, die dort leben?« Als mir klar wurde, wie viele Fragen mein Erlebnis vom Nachmittag aufgeworfen hatte, begann es regelrecht aus mir hervorzusprudeln. »Wieso funktioniert das Fenster manchmal wie ein Portal, und in der nächsten Minute ist es nur noch ein ganz gewöhnlicher Fensterrahmen? Wie ist es möglich, dass ...«

Yorgo hob wortlos die Hand, und ich verstummte. Eine ganze Weile starrte er mich mit seinen trüben, grauen Augen an, während hinter seiner gefurchten Stirn etwas vorzugehen schien.

»Hat es Ihnen gefallen?«, fragte er dann unvermittelt.

»Was?«

»Was Sie gesehen haben. Drüben. Fanden Sie es interessant? Exotisch? Aufregend?«

Ich war mir nicht sicher, ob ich ihn richtig verstanden hatte. »Ich hatte nicht allzu viel Gelegenheit, die Reize der Landschaft zu genießen«, erwiderte ich zögernd. »Ich war zu sehr damit beschäftigt, von einem Strauß lebendiger Blumen zu Tode erschreckt zu werden, mir eine Riesenbeule in den Schädel zu hauen, ohnmächtig zu sein und ganz nebenbei eine Riesenangst zu haben, ob ich meine Werkstatt je wiedersehen würde.«

»Das tut mir leid«, gab Yorgo zurück. »Ich hatte kurz gehofft ... aber nein, vergessen Sie es.« Er zog ein Stofftaschentuch aus seinem Anzug und presste es sich vor den Mund, bevor er erneut bellend loshustete.

Ich zog einen zweiten Schemel unter der Werkbank hervor und nahm ihm gegenüber Platz. »Mister Yorgo! Nach allem, was ich heute erlebt habe, kann ich, glaube ich, eine Erklärung verlangen.« Ich beugte mich vor und legte ihm eine Hand auf den Arm, der sich hart und knochig anfühlte. »Wo war ich?«

Er seufzte leise. »Da Sie das Geheimnis des Fensters jetzt ohnehin kennen, gibt es keinen Grund mehr, es Ihnen vorzuenthalten.« Er sah mich betrübt an. »Sie waren in einer Welt, die sich Ambigua nennt.«

»Ambigua? Nie gehört.«

»Sie können nicht von Ambigua gehört haben, da dieser Ort nach den strengen Naturgesetzen Ihrer Welt nicht existiert.«

»Nicht existiert? Aber ich war doch dort!«

Ein schwaches Lächeln huschte über Yorgos Gesicht, das erschreckend knochig wirkte, wie ein Totenschädel. »Wohl, Sie waren dort.« Er holte rasselnd Luft. »Die Welt Ambigua liegt unvorstellbar weit von dieser hier entfernt – und doch so nah, dass Sie nur die Hand ausstrecken müssen, um hinüberzureichen. Vorausgesetzt, Sie nutzen eine aktive Pforte.«

Ich verstand kein Wort, und offenbar war mir das überdeutlich anzusehen.

»Ambigua existiert neben der Welt der Menschen«, erklärte Yorgo ernst. Er sprach zögernd, wie jemand, der sich gegen seinen Willen gezwungen sieht, ein intimes Geheimnis preiszugeben. »Parallel dazu, wenn Sie so wollen. Beide Sphären sind getrennt durch zeitliche und räumliche Barrieren, deren Vorhandensein und Funktionsweisen der irdischen Wissenschaft unbekannt sind. Und bestimmte transdimensionale Pforten – von denen Sie heute gegen meine ausdrückliche Anweisung eine geöffnet haben – führen durch diese Barrieren hindurch, auf die andere Seite.«

Um zu überspielen, dass ich immer noch nichts begriff, nahm ich unsere Tassen, ging zum Ofen und füllte sie auf.

»Das Gegenstück zu der Pforte, die ich Ihnen überlassen

habe und die in den alten Aufzeichnungen als Nummer 471 vermerkt ist, befindet sich in der Wand einer Steinkate vor den Toren der Stadt Pantrami«, fuhr Yorgo fort. »Dieses Gegenstück ist stationär, wie die Mehrzahl aller 777 Pforten; das heißt, es befindet sich unverrückbar an ein und demselben Ort. Mobile Pforten wie die, die Sie repariert haben, sind dagegen sehr selten. Sie verlangen ständigen Schutz, damit ihr Geheimnis nicht von Unberufenen entdeckt wird …« Er seufzte wieder. Ich ahnte, dass er mit »Unberufene« Leute wie mich meinte.

»Der Fensterrahmen, den Sie zur Reparatur gebracht haben, ist also eine … eine ›mobile Pforte‹?« Ich kratzte mich am Kopf. »Und wenn man hindurchsteigt, landet man immer vor dieser steinernen Kate?«

Yorgo nickte. »Jawohl. Ganz egal, ob Sie und die mobile Pforte 471 sich gerade in New York, Tokio oder Moskau befinden – die Transition befördert Sie stets vor die Tore Pantramis.«

»Die Transition? Aha. Und diese Stadt …«

Ein neuer Hustenanfall Yorgos schnitt mir das Wort ab, und er zückte rasch sein Taschentuch. Als er es von den Lippen fortnahm, glaubte ich, etwas Rotes auf dem Stoff zu sehen – Blut? Seine Stirn war mittlerweile von einem dünnen Schweißfilm bedeckt.

»Hören Sie, Mister Cellert«, sagte er plötzlich und sah mich geradeheraus an. »Wie Sie unschwer hören und sehen, geht es mir nicht gerade blendend. Um ehrlich zu sein, geben mir die

Ärzte nicht mehr allzu lange. Und genau aus diesem Grund war es mir wichtig, dass die Pforte schnellstmöglich restauriert wird. So wichtig, dass ich sie entgegen dem Schwur, den ich einst leistete, aus der Hand gab! Ich wollte sicherstellen, dass mein Nachfolger sie im selben tadellosen Zustand übernehmen kann wie ich vor über vierzig Jahren.«

Ich sah ihn an, schwieg.

»Ja, Sie hören richtig. Ich suche einen Nachfolger, der über die mobile Pforte mit der Nummer 471 wacht, sie versteckt und hütet, wie ich es getan habe. Leider sind vertrauenswürdige Menschen rar geworden in diesen Zeiten ...« Er musterte mich erneut mit seinen seltsam durchdringenden, grauen Augen. »Ich will offen zu Ihnen sein, Mister Cellert: Es war kein bloßer Zufall, dass ich mit meinem Ansinnen ausgerechnet zu Ihnen gekommen bin! Nachdem mir klar war, dass der Fensterrahmen einer Reparatur bedarf, machte ich mehrere Kunsthandwerker ausfindig, die für den Auftrag infrage kamen. Ich nahm jeden davon in den folgenden Monaten sehr genau unter die Lupe, sein Auftreten, seine Geschäftspraktiken, ich versuchte zu ergründen, ob es sich um ehrliche Menschen handelte oder nicht ...«

»Sie haben mich bespitzelt?«, stieß ich ungläubig hervor.

»Nicht Sie allein, wie gesagt.« Yorgo machte eine abwinkende Handbewegung. »Sie dürfen es als Kompliment auffassen, dass ich mich letztlich entschloss, die Pforte mit der Nummer 471 ausgerechnet in Ihre Hände zu geben.« Er betrachtete be-

trübt das Taschentuch in seiner Hand. »Leider scheint es, als würde das Schicksal mir nicht genug Zeit lassen, um eine ähnlich ausufernde Suche nach einem vertrauenswürdigen Nachfolger durchzuführen.« Er sah auf, schien mich von oben bis unten zu mustern, bevor er weitersprach: »Könnten Sie sich unter Umständen vorstellen, diese Aufgabe zu übernehmen, Mister Cellert?«

ABENTEUERBLATT

BESITZTÜMER:

- RUCKSACK
- DOLCH
- RING DER RÜCKKEHR (1x)

WICHTIGE HINWEISE:

TALENT:

- ☐ KLETTERN
- ☐ TIERSPRACHE
- ☐ SCHRIFTENKUNDE
- ☐ VERBERGEN
- ☐ VORAHNUNG